literatura

Herman Melville

Moby Dick
A baleia branca

Tradução e adaptação de
Werner Zotz

Ilustrações de
**Wanduir Duran e
Maria Cecília Marra**

editora scipio

CB026261

Gerência editorial
Sâmia Rios

Responsabilidade editorial
Mauro Aristides

Edição
Cristina Carletti

Assistência editorial
Maria da Graça Segolin
Gilberto Nascimento Galvão

Revisão
Nair Hitomi Kayo

Programação visual de capa e miolo
Didier Dias de Moraes

Diagramação
Fábio Cavalcante

Ilustração de capa
Wanduir Duran

Ilustração de miolo
Maria Cecília Marra

editora scipione

Avenida das Nações Unidas, 7221 – Pinheiros
CEP 05425-902 – São Paulo-SP
Tel.: (0xx11) 4003-3061
atendimento@aticascipione.com.br
www.coletivoleitor.com.br

2023
ISBN 978-85-262-5147-2 – AL
CL: 734346
CAE: 221134

8.ª EDIÇÃO
27.ª impressão

Impressão e acabamento
Forma Certa Gráfica Digital

Ao comprar um livro, você remunera e reconhece o trabalho do autor e de muitos outros profissionais envolvidos na produção e comercialização das obras: editores, revisores, diagramadores, ilustradores, gráficos, divulgadores, distribuidores, livreiros, entre outros.
Ajude-nos a combater a cópia ilegal! Ela gera desemprego, prejudica a difusão da cultura e encarece os livros que você compra.

Dados Internacionais de Catalogação na Publicação (CIP)
(Câmara Brasileira do Livro, SP, Brasil)

Melville, Herman, 1819-1891

Moby Dick: a baleia branca / Herman Melville; adaptação em português de Werner Zotz. – São Paulo: Scipione, 1997. (Série Reencontro literatura)

1. Literatura infantojuvenil I. Zotz, Werner. II. Título. III. Série.

97-0005   CDD-028.5

Índices para catálogo sistemático:
1. Literatura infantojuvenil   028.5
2. Literatura juvenil   028.5

Este livro foi composto em ITC Stone Serif e Frutiger
e impresso em papel Offset 75g/m².

SUMÁRIO

Quem foi Melville? 5

Primeira parte – Em busca da aventura
1. O fascínio do mar 11
2. New Bedford 13
3. Na Estalagem da Baleia 16
4. Queequeg 18
5. Um amigo 22
6. A história de Queequeg 24
7. Nantucket 26
8. O *Pequod* 28
9. A marca de Queequeg 31
10. O embarque 33
11. Natal no Atlântico 35

Segunda parte – O mundo do *pequod*
1. Profissionais do mar 38
2. O capitão Ahab 41
3. Baleias 42
4. As intenções de Ahab 44
5. Moby Dick 47
6. Os caminhos do *Pequod* 49

Terceira parte – Na trilha das baleias
1. A primeira caçada 57
2. O jato fantasma 63
3. Encontros no mar 65
4. Presságio nos campos de *brit* 66

5. O primeiro cachalote morto 68
6. Açougue marítimo 71
7. Superstição de Fedallah 73
8. Queequeg salva Tashtego 74
9. Cardume de cachalotes................. 77
10. Notícias de Moby Dick................ 80
11. O esquife de Queequeg 83
12. O arpão de Ahab 84
13. O Pacífico 86
14. Profecias 87
15. Uma boia fúnebre.................... 88

Quarta parte – Batalha de gigantes
1. O *Raquel*, vítima de Moby Dick 92
2. Desconfiança e agouros 94
3. Morte a bordo do *Delícia* 96
4. Amor, ternura, conflitos íntimos 97
5. O encontro – Primeiro dia 101
6. O encontro – Segundo dia 107
7. O encontro – Terceiro dia 111
8. Final 117

Quem é Werner Zotz?.................... 120

QUEM FOI MELVILLE?

Herman Melville (1819-1891) não foi apenas um dos maiores escritores de aventuras de todos os tempos: ele mesmo foi um grande aventureiro. E viveu intensamente cada uma das histórias que contou.

A infância de Melville foi feliz, mas a adolescência foi cheia de dificuldades, com a família arruinada pela falência do pai. Não foi um aluno brilhante na escola, mas mostrava, desde cedo, talento para escrever. Teve que abandonar os estudos para ajudar em casa e desde os 13 anos foi tentando todo tipo de trabalho, de *office-boy* de banco até contador e professor numa pequena escola. Não conseguiu se adaptar a nenhum deles. Aos 20 anos, estava desempregado e sem profissão definida. Foi quando o irmão mais velho lhe arranjou um emprego de mensageiro num navio, o *St. Lawrence*, que carregava mercadorias e passageiros entre os Estados Unidos e a Inglaterra.

Mas suas aventuras de verdade só começariam em 1841 quando, novamente desempregado, ele embarcaria no baleeiro *Acushnet*, que zarpava de New Bedford.

New Bedford, na época, era a capital mundial da caça à baleia, uma atividade que rendia muito dinheiro. O óleo, os ossos e a carne do grande mamífero tinham enorme valor comercial e essa atividade só entraria em declínio com o uso cada vez maior do petróleo como combustível e com a Guerra Civil norte-americana (1861-1865), que se estendeu para o mar e requisitou muitos barcos para fins militares.

Mas Melville pegou o apogeu da febre baleeira. O *Acushnet*, um enorme veleiro todo equipado, partiu para uma longa viagem cheia de perigos e maravilhas passando pela costa do Peru, Galápagos, ilhas João Fernandes, e daí desceria para os mares do Sul, parando em Nuku-Hiva, no arquipélago das

Marquesas. Durante quase um ano e meio como tripulante desse navio, Melville participou ativamente da caça à baleia, nos pequenos botes em que os caçadores enfrentavam o mar para arpoá-la a mão. Essa vida dura e cheia de riscos ele registraria para sempre em *Moby Dick*, sua obra-prima, publicada em 1851.

Quando o *Acushnet* atracou nas ilhas Marquesas, Melville viveria mais uma grande história: desceu à terra com o amigo Toby para contatar a tribo dos *haapas*, índios amistosos com os brancos. Mas acabaram nas mãos dos *taipis*, que eram canibais. Melville passou quase dois meses com os nativos, antes de fugir e se engajar no baleeiro australiano *Lucy Ann*, que passava por ali. Essa passagem de sua vida ele mostraria anos depois em *Taipi*, um livro-reportagem com alguns toques de ficção.

O *Lucy Ann* continuou uma viagem caótica pelos mares do Sul. Os marinheiros não queriam saber do capitão nem do imediato e a todo momento armavam motins. A rebelião final se deu quando o navio aportou em Papeete, no Taiti: a tripulação prendeu o comandante e quis ficar na ilha. Em resposta, as autoridades francesas prenderam todos e Melville só foi libertado algum tempo depois, para vagar sem rumo pela ilha. Os nativos e seus costumes seriam retratados em *Omoo*. Melville embarcaria então num outro baleeiro rumo ao Havaí, onde se alistaria na Marinha norte-americana para partir no *United States*.

A vida a bordo desse navio foi um verdadeiro inferno para ele: a disciplina férrea, a brutalidade dos comandantes e os castigos corporais a que assistia diariamente seriam denunciados em *White Jacket*. Melville deu baixa em Boston em 1844 e decidiu trocar a aventura pela tranquilidade do lar: casou-se no ano seguinte e passaria o resto de seus dias escrevendo as histórias incríveis que tinha vivido.

Mas esses dias não foram tão fáceis assim. Os editores ou não queriam publicar seus escritos ou punham obstáculos. O público também não o entendia. *Taipi*, por exemplo, era um relato tão fantástico que seu editor não acreditou nas histórias que Melville ali escreveu. Foi necessário que o amigo Toby reaparecesse em cena e confirmasse que era verdade. *Omoo* custou a passar pela censura dos editores porque fazia críticas à ação dos missionários cristãos entre os nativos, que, de acordo com o escritor, desrespeitavam suas crenças e sua maneira de viver. Melville, apesar de tudo, continuou. Escreveu ainda muitos livros (alguns até hoje sem tradução no Brasil), sempre preocupado em fundamentar rigorosamente seus relatos numa atitude quase que científica.

Moby Dick, a maior de suas obras, foi recebida apenas como mais uma aventura marítima de Melville: foram necessárias décadas para que se reconhecesse nessa história muito mais do que isso. A perseguição do capitão Ahab à gigantesca baleia branca é, na verdade, um relato dramático da eterna luta do homem em busca do seu destino. Uma luta contra todas as forças da Natureza, num mundo que jamais será o Paraíso. *Moby Dick* é, realmente, um livro do qual se pode falar muita coisa. Mas a melhor maneira de conhecê-lo é deixar que ele fale por si mesmo. Deixar que ele nos carregue com a sua emoção, que foi o sal da vida de Melville e que poderá ser também o da nossa, nas palavras de Ahab: "O que ousei, o que desejei, consegui realizar. Pensam que sou louco. Mas sou demoníaco; sou a loucura enlouquecida".

Primeira parte

Em busca da aventura

1
O fascínio do mar

Meu nome é Ismael.

Há muitos anos, resolvi meter-me novamente a bordo, voltar a navegar, correr o mundo seguindo o caminho das águas. Verdade que me encontrava sem dinheiro e sem o que fazer em terra. Mais: quando me flagro inquieto, irritado, mórbido, sei que chegou o momento de fazer-me ao mar, o mais depressa possível.

Existem ainda outros motivos, é claro, que me levaram a buscar esta aventura: o fascínio que as águas e o desconhecido exercem sobre todos os homens.

Reparem como, no interior do país, todos os caminhos conduzem a um ribeirão, a um rio, ou a um lago. Pode-se percorrer quilômetros e quilômetros de uma estrada qualquer, com uma certeza: mesmo que se torne mais estreita, mais rústica, só terminará quando esbarrar na água. E ali, no encontro dos dois caminhos – o de terra e o de água –, o sinal da presença do homem: uma cidade, uma vila, ou pelo menos uma casa solitária.

Nas cidades portuárias, qual a rua ou viela que não desemboca no mar? E ali, nos arredores do porto, os homens, com os olhos fixos nos caminhos sem fim, sonham... Sentados nos molhes de pedras ou apoiados em moirões de madeira, os olhos dirigem-se para a linha do horizonte, como se tentassem descobrir os mistérios só revelados aos mais afoitos e corajosos.

Todas as vezes em que parti, tanto de uma cidade como de um porto, os olhos dos que ficavam não souberam esconder a vontade de também partir, mesmo desconhecendo o destino...

Mas, por favor, não pensem que embarco como passageiro. Mesmo porque, normalmente, não tenho dinheiro para ficar vadiando. E ainda que o tivesse, é sempre melhor viajar recebendo do que pagando. Assim, é como marinheiro que sigo o chamado do mar. Pode parecer um tanto duro, no início, mas, com o tempo, acostumamo-nos a tudo. E, como não nasci em berço de ouro, minhas mãos calejadas estão mais que habituadas ao trabalho.

Embarcar como marinheiro, além de me realizar profissionalmente e fazer com que não me sinta inútil, tem outra vantagem: o ar puro que se respira na coberta da proa. Porque é ali que se alojam os marinheiros, estando a popa reservada para o comandante, para os oficiais e, nos navios mercantes, para os passageiros. Assim, na sua disposição de espaços, os navios imitam o mundo: enquanto os governantes e os mais afortunados encastelam-se na popa, os trabalhadores enfrentam os perigos da viagem na parte mais exposta da embarcação. Mas, apesar das possíveis tempestades, prefiro viver ali, na proa, respirando ar puro... Porque sei que, neste mundo, os ventos sopram com mais frequência contra nós.

Mas, por que haveria eu, mesmo já tendo respirado várias vezes o aroma do mar como marinheiro mercante, de aventurar-me a embarcar num navio baleeiro? O invisível regulador do destino, que determina meus passos e norteia a vida de todos os seres viventes, pode responder. Sem dúvida, minha partida num baleeiro fazia parte dos planos da Providência, há muito tempo fixados.

Agora, revendo todas as circunstâncias, compreendo vagamente que as mesmas forças que já haviam traçado meu destino faziam-me acreditar estar escolhendo, de livre-arbítrio, meu caminho... Porque, na época em que embarquei para esta viagem, já não me contentava mais com os percursos rotineiros dos navios mercantes. Fascinava-me o desconhecido. Queria conhecer mares longínquos e bravios, locais remotos e misteriosos. E havia ainda a baleia, monstro pré-histórico, a espicaçar minha curiosidade e prometer aventuras constantes, em encontros perigosos.

2
New Bedford

Em todos os portos do mundo, as ruas que circundam as docas oferecem-nos espetáculos realmente exóticos. New Bedford não poderia ser exceção: era um lugar bizarro! Por ser, então, um dos portos de maior concentração de navios baleeiros, atraía os mais diferentes tipos de indivíduos.

Em plena luz do dia, podíamos encontrar, conversando calmamente numa esquina, canibais autênticos que passaram os últimos anos a caçar baleias tão naturalmente como antes caçavam seres humanos.

Velhos marinheiros, nem tanto pela idade e mais pelo profundo conhecimento das coisas do mar, cruzavam as ruas, saindo de uma taberna para entrar em outra, logo à frente, com passos gingados e aspecto descuidado que mais lembravam um urso recém-acordado de longa hibernação.

E havia os camponeses de Vermont e de New Hampshire que semanalmente invadiam New Bedford, em pequenas levas, sonhando com a fortuna e com as glórias das pescarias. Estes eram facilmente reconhecíveis: além de grotescos, tornavam-se cômicos. Apesar de origens tão diferentes, conseguiam ser ridiculamente iguais aos janotas citadinos, quando enfiavam na cabeça trocar o machado pelo arpão, metendo-se numa empreitada marítima. Começavam por encomendar um casaco azul-marinho – ornado com botões dourados imitando sinos, bússolas, timões – que, mesmo realçando um porte esguio, impossibilitava toda espécie de movimento mais brusco. Na cabeça, quepe militar. Na cintura, longa e larga faca. Mal sabiam eles que toda esta pose e encenação não resistiria a uma única semana de tempo bom ou a um único dia de tempestade. Logo se acostumariam ao conforto de uma roupa folgada e rota, descobrindo que um pedaço de corda velha segura uma calça no seu lugar tão bem como um cinto novo de couro legítimo...

Mas New Bedford também ostentava uma fachada opulenta. Nem podia ser diferente: em todos os lugares os pobres são muito mais numerosos que os ricos. Mansões altaneiras, jardins floridos, parques suntuosos. Não era difícil descobrir de onde vinha toda esta opulência: nas grades, cercas e portões, os arpões em ferro fundido destruíam qualquer dúvida ou suspeita. Sim, todas estas fortunas foram caçadas, arpoadas e retiradas de algum oceano, que tanto podia ser o Atlântico, como o Pacífico ou o Índico.

Foi a esta New Bedford que cheguei, largando para trás a velha e amada Manhattan, numa noite fria de um sábado de dezembro.

Mesmo sendo New Bedford o maior porto baleeiro, era em Nantucket que esperava encontrar o navio que me levasse a cruzar os mares. Mais por uma razão sentimental: foi de Nantucket que partiram os primeiros índios para dar caça à baleia; e foi também de Nantucket que a primeira corveta, inflando suas velas ao vento, foi descobrir se conseguiria chegar a uma tão pequena distância do monstro de modo que um arpão, lançado pela força de um braço humano, o acertasse mortalmente.

A notícia deixou-me desolado: o pequeno navio que fazia a ligação entre as duas cidades já havia partido e só haveria outro dois dias depois.

Na minha bolsa, sabia ter apenas algumas poucas moedas de prata. Sabia também ser necessário encontrar lugar onde dormir e comer. Sem rumo, comecei a percorrer as ruas. A primeira estalagem encontrada – a Hospedaria dos Dois Arpões – aparentou ser excessivamente cara, luxuosa e festiva. O instinto, revolvendo no inconsciente velhos aprendidos e o cheiro do mar, levou-me para perto do porto. Porque sabia ser ali, na beira do cais, o local de encontrar as estalagens mais baratas e também – por que não? – acolhedoras. O ruído choroso de correntes a rangerem com o atrito da madeira forçou os olhos na sua direção. Na tabuleta de madeira, que balançava ao vento, letras brancas desenhavam-se acima de um jato de água, também branco: Estalagem da Baleia, de Peter Coffin.

Como *coffin*, na minha língua, significa urna ou caixão, estranhei a esquisitice da relação entre as palavras... Caixão? Baleia? Mas, se por um instante pressenti um mau augúrio, também tive a certeza de haver encontrado o local certo para pernoitar sem gastar muito e tomar um bom café de cevada.

3
Na Estalagem da Baleia

Por dentro, a estalagem lembrava um velho navio abandonado, de casco escuro e carcomido. Nas paredes, além de botijas e frascos de bebidas espalhados por prateleiras suspensas, objetos recolhidos dos mais diversos mares por baleeiros de todos os tempos: ossos de baleias, remos, rodas de leme, âncoras...

Ao redor de uma mesa, um grupo de marinheiros examinava alguns dentes de baleia, aproximando-os da luz de um velho e sujo lampião.

Procurei o dono da estalagem, pedindo-lhe pousada. Informou-me que a casa estava cheia e todas as camas ocupadas. Por um momento, desolado, fiquei sem saber o que fazer. Tempo suficiente para que ele se lembrasse de um pequeno detalhe.

– Espere... Você não está querendo embarcar para ir atrás de baleias? Nada melhor que habituar-se, desde já, à companhia de seus novos colegas. Tenho uma cama enorme num dos quartos, ocupada por um arpoador. Você poderia muito bem dividi-la com ele.

Julguei preferível partilhar a cama com o arpoador, no abrigo de um teto, a sair perambulando numa noite fria e úmida de uma cidade desconhecida.

Logo depois fui convidado a sentar-me para jantar, em companhia de mais alguns marinheiros. A comida era boa: carne, batatas... e pudim!

Os homens não gostam de deitar-se com outro homem, mesmo que este seja seu próprio irmão. Um sono bom e reparador exige tranquilidade, sossego, solidão. Quanto mais pensava no arpoador, mais detestava a ideia de dormir a seu lado. O tempo passava, meu companheiro de cama e quarto não chegava, o desconforto e a desconfiança cresciam, alimentados por um estranho pressentimento.

– Mudei de ideia, estalajadeiro. Vou tentar dormir neste banco...

Referia-me ao banco em que ainda estava sentado, depois de jantar, agora sozinho: com o adiantado da noite, os outros marinheiros ou foram deitar-se ou saíram a perambular, buscando diversão nas tabernas barulhentas.

O dono da estalagem balançou os ombros, como se dissesse: você é quem sabe. Encostei o banco contra a parede, mas foi impossível dormir. Entrando pelas gretas, o vento frio enregelava os ossos, enquanto os caroços salientes da madeira torturavam as minhas costas.

O sofrimento e a necessidade são mestres em mudar, rapidamente, o pensamento dos homens. Pouco depois, disfarçadamente, perguntei ao estalajadeiro se o arpoador ainda demoraria muito.

– Não sei – respondeu. – Normalmente chega cedo. Talvez não tenha conseguido vender sua cabeça e atrasou-se...

Vendo o pavor estampar-se no meu rosto, apressou-se na explicação: o arpoador tinha recém chegado dos mares do sul, de onde trouxera um carregamento de cabeças mumificadas pelos nativos locais, para vendê-las e ganhar um dinheiro extra. Naquele dia, tentava vender a última delas.

– Venha comigo. Vou arranjar-lhe uma luz.

Deu por encerrada a explicação, sem tempo para novas perguntas e titubeios meus. E guiou-me em direção ao quarto e à cama. Acabei por segui-lo, depois de alguns instantes de hesitação.

Sozinho no quarto, examinei o local. A cama realmente era enorme: nela podiam estirar-se até quatro homens. Além dela, de uma prateleira e de uma arca rudimentares, nenhum outro móvel. Num canto, uma rede enrolada e um saco de marinheiro, possivelmente com os pertences do vendedor de cabeças. Na cabeceira da cama, um enorme arpão.

4

Queequeg

No calor da cama, debaixo das cobertas, o torpor puxava a sonolência. Ruídos de passos e um clarão de luz, infiltrando-se por baixo da greta da porta, assustaram o sono que chegava. Acordado, permaneci quieto e imóvel na cama.

Um vulto penetrou no quarto. Numa das mãos segurava uma cabeça; na outra, uma vela, logo depois depositada sobre a arca. Ao voltar-se em direção da cama, a luz caiu-lhe em cheio sobre o rosto. Deus do céu! Era moreno, cor de terra escura, queimado de sol. Tatuagens geométricas, ainda mais escuras que a pele, cobriam por inteiro seu rosto, tornando-o quase preto. Retirou o chapéu. Assustei-me ainda mais com aquela estranha figura! Na cabeça, inteiramente raspada, mais parecendo uma caveira, outras tatuagens e, no alto, um rabicho solitário com alguns poucos fios de cabelos.

Eu era só pavor... Pensei em fugir, pular pela janela. Não sei se não o fiz pelo medo que me imobilizava, ou por saber estar num segundo andar, altura mais que suficiente para quebrar alguns ossos ao esborrachar-me no chão.

Parecia não me notar. Do seu saco de marinheiro, retirou um objeto aparentando ser uma machadinha de índio. Despiu-se, deixando aparecer um corpo forte, musculoso. Até bonito, se não estivesse também todo tatuado. Como num passe de mágica, surgiu em suas mãos uma pequena estatueta de barro, que ele acabou por depositar – com certo carinho e respeito – sobre a arca, junto com um punhado de serragem de madeira. Acesa a serragem no fogo da vela, acompanhou o revoluteio da fumaça com sons guturais, ininteligíveis. Pela sua reverência, pela sua posição ajoelhada, pelo respeito que colocava no ato, calculei tratar-se de alguma oração de povo pagão.

Apagando o fogo, tornou a sumir com seu ídolo. Não conseguia entender direito o que acontecia. E a ignorância é irmã do medo. É agora ou nunca, pensei. Mas perdi alguns preciosos instantes resolvendo por onde fugir. Foi o tempo que ele gastou para acender o cachimbo (ao vê-lo acendendo-o no fogo da vela, descobri a identidade daquele estranho objeto lembrando uma machadinha índia), apagar a vela e saltar para a cama.

Berrei. E berrei o mais alto que pude! Também ele, com um grunhido, manifestou sua surpresa. Parecia tranquilo e dono da situação. Curioso, apalpou-me. Em meio aos grunhidos, conseguiu montar uma frase bastante clara aos meus ouvidos.

– Diabos! Quem ser você? Inimigo? Dizer logo, senão eu matar você!...

Eu continuava a berrar pelo estalajadeiro, pedindo socorro e ajuda, ao mesmo tempo em que olhava, assustado, os riscos vermelhos do grande cachimbo desenhando arabescos no escuro, sobre minha cabeça.

Por sorte, o estalajadeiro entrou no quarto, clareando o local com a lanterna suspensa numa das mãos. Precisou de poucos segundos para ver e tirar suas conclusões sobre a situação. Pelo sorriso debochado que armou nos lábios, foi fácil perceber o conceito que fez de mim...

– Não se preocupe... – Dirigia-se a mim, sempre sorrindo de modo irritante. – Queequeg não lhe fará nenhum mal...

– Mas ele é um canibal selvagem!...

Queequeg – era assim que o estalajadeiro se referira ao meu companheiro de quarto – calmamente acompanhava o diálogo, quieto, como que esperando pelo término de um assunto que não lhe dizia respeito.

– Pensei que você soubesse: não lhe disse que tinha vindo dos mares do sul?

Acredito que ele julgou não ser eu merecedor de muito crédito ou respeito. Dirigiu-se ao arpoador explicando-lhe que eu repartiria com ele a cama. Em silêncio, o selvagem deu a entender que concordava, balançando a cabeça.

– Volte a dormir – disse a mim, sem muita delonga, dirigindo-se à porta para sair.

– Pelo menos peça a este selvagem que apague o cachimbo. Não quero morrer queimado...

O estalajadeiro transmitiu meu pedido a Queequeg, que, estranhamente, parecia muito cordato e atencioso. Não só apagou o cachimbo como, com um gesto cortês, convidou-me a voltar para meu lugar. Deitou-se na outra beirada da cama, longe de mim, dando a entender que não perturbaria meu sono.

Novamente no escuro, tratei de arranjar argumentos para me tranquilizar. Precisava de desculpas para não voltar a sentir medo. E por que sentir medo? Apesar das tatuagens, Queequeg parecia um canibal asseado, jeitoso, até mesmo atencioso. E antes dormir com um canibal sóbrio e pacífico que com um cristão encrenqueiro e bêbado...

Dormi maravilhosamente bem!

Acordei com o braço de Queequeg me abraçando, com o mesmo carinho com que se afaga um irmão menor. À custa de me agitar e de protestar contra esta situação inconveniente, consegui acordá-lo.

Sentou-se na beirada da cama, esfregou os olhos, demorando alguns segundos para recordar-se do que acontecera na véspera. Novamente dono da situação, deu a entender que se vestiria antes para deixar-me então à vontade. Eu permanecia quieto, deitado, observando o selvagem, um tanto envergonhado, quer pelo meu procedimento, quer pelas minhas apressadas conclusões, já que imaginara ser eu um civilizado e ele um bárbaro. No entanto, até o momento, ele fora amável, delicado e educado, enquanto eu agira de modo rude, tolo, pouco amigável...

Com o chapéu na cabeça, vestiu as calças, calçou as botas, lavou o rosto e o torso, cobriu o peito musculoso com a camisa, enfiando-se então dentro de uma enorme capa, parecida com as usadas pelos índios da América do Sul. Sacando o arpão da cabeceira da cama, afiou sua lâmina no couro da bota. E barbeou-se com ela!

Terminada a toalete, retirou-se do quarto, envolto na grande e pesada capa, carregando o arpão com a dignidade de um rei.

Ao descer, encontrei o estalajadeiro. Não deixei que risse de mim: gargalhamos juntos! Porque, quando um homem dá motivos a que os outros riam dele, mas não se irrita e não se ofende, juntando-se a eles no seu riso, é certo que vale muito mais do que aparenta...

No café, Queequeg conservou-se mudo. Recusou a bebida quente e o pão fresco, contentando-se com grandes e sangrentos bifes, pescados da travessa e levados até seu prato com o arpão. Depois de comer, retirou-se com os demais marinheiros para a sala comum e, sem tirar o chapéu, ficou por ali a fumar no grande cachimbo.

Decidi ir voltear pela cidade.

5
Um amigo

A noite chegava quando retornei à estalagem. Queequeg encontrava-se sozinho, na sala, em frente ao fogo. Nas mãos, o pequeno ídolo de barro, seguro numa altura em que os olhos pudessem vê-lo naturalmente, sem levantar ou abaixar a cabeça.

Lá fora, o vento uivava. Mesmo tendo ficado alguns minutos a observá-lo, Queequeg não deu a menor atenção à minha presença. Um homem estranho, pensei. Mesmo a milhas de distância de sua terra natal, está completamente à vontade, sereno, seguro de si e do seu querer. Bastando-se a si próprio, sem forçar novos contatos, como se não ligasse muito em fazer novos conhecidos.

Naquela época não conseguia definir bem meus sentimentos, mas havia alguma coisa que me atraía nele. Talvez seu comportamento simpático; ou seus olhos largos e profundos, retratando ao mesmo tempo um coração simples e honesto e um espírito ousado, capaz de enfrentar uma centena de demônios. Talvez seu ar altivo, nobre, de quem nunca dobrara a espinha para bajular os poderosos ou conquistar qualquer favor.

Coloquei a mão sobre seu ombro para chamar-lhe a atenção. E, com a ajuda de alguns gestos, tentei entabular um diálogo. Pareceu não ligar muito para meu esforço, até que lhe lembrei e agradeci a gentileza e hospitalidade da noite passada. Seus olhos sorriram. E perguntou se voltaríamos a ser companheiros. Tornou a sorrir, contente e lisonjeado, ao receber uma resposta afirmativa.

Recolhemo-nos ao quarto, juntos e mais cedo que o normal, depois do jantar.

Queequeg continuava a surpreender-me... Presenteou-me com uma cabeça mumificada da Nova Zelândia. Não contente, derramou sobre a cama o conteúdo de uma grande bolsa, própria para guardar tabaco. Não precisou contar as moedas de prata, que caíram de dentro dela, para dividi-las. Fez dois montes iguais, empurrando um em minha direção. No seu entender, os amigos repartiam o que tinham. E ele me presenteava metade dos haveres, junto com sua amizade, que dizia ser grande e forte o suficiente para que lutasse e morresse em minha defesa, se preciso fosse. Vendo que eu relutava em aceitar as moedas de prata, despejou-as nos bolsos da minha calça.

E, calmamente, como se nada de mais tivesse feito, depositou seu ídolo sobre a arca, incensou-o com a fumaça de algumas aparas de madeira, e rezou. O moralismo cristão bloqueou, por breves momentos, minha vontade e meus sentimentos. Vencidas as barreiras do inconsciente e do consciente, acompanhei Queequeg, rezando a seu modo: ofereci ao seu deus um biscoito queimado, curvei-me três vezes diante dele e beijei-lhe o nariz.

Terminadas as orações, tirei a roupa e deitei-me ao lado do meu amigo. Estava calmo, em paz com o mundo.

A cama é um excelente lugar para confidências. Como o sono não quisesse chegar, voltamos a acender a vela e ficamos os dois a fumar no cachimbo de Queequeg. Interessante como nossos preconceitos se diluem com a amizade! Agora, a partilha de um cachimbo e de um cobertor me proporcionavam grande satisfação...

Talvez este sentimento de amizade tenha despertado a saudade no meu companheiro. O certo é que, quando percebemos, ele me contava sua história, começando por sua terra natal...

6
A história de Queequeg

Queequeg nascera em Rokovoko, uma pequena e remota ilha do sudoeste que, como tantas outras, não está assinalada em nenhum mapa, nem mesmo nos náuticos.

Era filho e neto de reis. Muitas de suas tias, pelo lado materno, eram casadas com guerreiros invencíveis. E o irmão do seu pai era o Grande Sacerdote da sua gente.

Quando criança, não pensava em outra coisa a não ser correr e divertir-se livremente pelas praias e florestas da sua terra natal. Na juventude, passou a ter contatos com homens brancos, vindos em grandes navios baleeiros, que contavam maravilhas sobre seu mundo. E desejou, ardentemente, conhecer esta gente da cristandade, que lhe diziam ser melhor, mais nobre, de sentimentos altruístas, conhecedora de muitos segredos da ciência. Pensou até mesmo em conquistar novos conhecimentos, no mundo cristão, que pudesse levar de volta a seu povo, para que tivesse uma vida melhor.

Pediu passagem para as terras cristãs a bordo de um navio de Sag Harbor, que aportara na baía de sua ilha natal. Como a equipagem estivesse completa, teve seu pedido negado, mesmo com a interferência de seu pai, o rei. Sozinho, tomou a decisão de embarcar contra a vontade do capitão. Conhecedor da sua terra e dos caminhos do mar, dirigiu-se, em sua frágil canoa e no escuro da noite, para um estreito, passagem obrigatória do navio. Esperou. E quando o viu aproximar-se, foi ao seu encontro. Empurrando com o pé a canoa para longe, ergueu-se a bordo, subindo pelas correntes suspensas no costado. As ameaças do capitão não lograram nenhum resultado: Queequeg não cedeu, era filho de reis. Acabou por ficar a bordo. Mas não como convidado e sim como operário, baleeiro.

E assim viajou para o mundo da cristandade. De bom grado pagava, com seu trabalho, o preço do aprendizado, desde que pudesse, um dia, ao regressar, tornar melhor a vida do seu povo. Depressa aprendeu que os homens brancos tinham muito pouco a lhe ensinar: eram piores e mais miseráveis que os súditos de seu pai. Não havia nenhuma razão para que trocasse seu deus pelo daqueles homens que se embebedavam nas tabernas e não respeitavam seus próprios irmãos.

Sim, Queequeg pretendia um dia voltar à sua terra, ao seu povo. Antes, porém, precisava livrar-se dos vícios e impurezas contraídos em contato com o homem branco, para ser digno de assumir o cargo de rei. Enquanto isso, pensava fazer dos navios baleeiros sua morada provisória, segurando o arpão com a mesma dignidade com que levaria nas mãos o cetro de seu pai.

Contei a Queequeg que também pretendia embarcar num navio baleeiro. Contentes, combinamos embarcar juntos, em Nantucket...

7
Nantucket

Com o dinheiro ganho de Queequeg, paguei a hospedaria.

E bem cedo ainda, naquela manhã de segunda-feira, rumamos os dois para o cais do porto. Sabíamos estar de partida o barco que nos levaria a Nantucket, de onde planejávamos ganhar o mar a bordo de um baleeiro. Pouco depois, embarcados na *Moss*, uma pequena escuna, deslizamos para a foz do rio Acushnet e, em seguida, para o mar.

Chegamos a Nantucket ao anoitecer. Na verdade, Nantucket não passa de uma pequena colina de areia, deserta, sem vegetação alguma, afastada do continente.

Apesar disso – ou talvez precisamente por isto – este local sempre teve sua vocação ligada à pesca da baleia. Seus primeiros habitantes, indígenas, já eram pescadores dos grandes monstros: começaram apanhando caranguejos nas praias; com um pouco mais de coragem, passaram a pescar cavalas depois da arrebentação; mais experimentados, foram buscar ao largo os cardumes de bacalhau; não pararam e, quando saíram à caça das baleias, tornaram-se donos do mar e dos seus caminhos.

Quando eu buscava embarcar num navio baleeiro, outros portos pesqueiros já haviam se tornado mais importantes que Nantucket, mas a pequena vila ainda conservava sua mística e seu encanto.

Recomendados pelo dono da Estalagem da Baleia, Queequeg e eu fomos à procura da hospedaria Try Pots, que pertencia a um primo do senhor Coffin e era famosa pelas suas caldeiradas de peixes.

Não foi fácil encontrar a estalagem. Depois de muito perguntar, chegamos perto dos objetos que davam nome à hospedaria: dois enormes panelões de madeira, pintados de preto, pendiam suspensos das forquetas transversais de um velho mastro, fincado bem em frente da porta de entrada. Imediatamente, associei a imagem das forquetas às traves de uma forca. Melhor, de duas forcas: uma para mim, outra para Queequeg. Mau presságio, pensei. Primeiro, um estalajadeiro – o senhor Coffin – com nome lembrando um caixão. Aqui, uma forca! E ainda por cima, aquele par de panelões negros, talvez um símbolo dos tormentos do inferno, suspensos no ar como dois corpos enforcados.

No entanto, a Try Pots merecia sua fama: enquanto permanecemos em Nantucket, comemos caldos de peixe maravilhosos em todas as refeições, servidos em grandes caldeirões, mais piscosos que muitos mares...

8
O *Pequod*

Queequeg apareceu com uma história estranha... Havia consultado Yojo – seu pequeno ídolo de barro – e decidido que a escolha do navio no qual iríamos embarcar seria responsabilidade minha. Tentei argumentar, repensar a ideia. Sem qualquer resultado: a vontade de um deus não pode ser contestada, mesmo quando suas razões não são suficientemente claras, dizia Queequeg.

No cais do porto, havia três navios aparelhados para viagens de longos anos: o *Devil-Dam*, o *Tit-Bit* e o *Pequod*. O último chamou minha atenção por ter o mesmo nome de uma tribo indígena de Massachusetts. Subindo a bordo, convenci-me logo ser este o navio procurado.

O *Pequod* era um baleeiro de casco escuro, temperado pelo mar, pelo sol e por muitas lutas. Estranho e singular. Antigo, não era grande. Ainda assim tinha jeito de valente, capaz de enfrentar calmarias e tufões, que os navios modernos não têm mais. Às suas antiguidades, tinham sido acrescentados novos e mágicos aspectos. Desenhos grotescos surgiam em todos os cantos, incrustados no velho madeirame. A tradicional roda do leme fora substituída por uma alavanca talhada no maxilar de um cachalote. Na verdade, o *Pequod* era uma espécie de troféu ambulante, ornamentado com os despojos e os ossos dos seus inimigos, como se fosse um navio canibal.

Perto do mastro grande, uma tenda. Debaixo da lona, um homem já velho, sentado numa cadeira ainda mais velha. Como ninguém ligou para minha presença, nem mesmo para perguntar o que fazia a bordo, dirigi-me ao velhote.

– O senhor é o capitão deste navio? – perguntei.

O homem trocou a resposta por outra pergunta:

– Talvez... O que é que você quer?

– Embarcar...

Percebi que o homem me analisava. Depois de mais algumas perguntas e respostas, sabia que toda minha experiência marítima fora adquirida em navios mercantes, o que não contribuiu para melhorar seu conceito sobre mim.

– Poderia dizer por que quer embarcar? – insistiu.

– Para saber como é a caça à baleia, aprender, ver o mundo...

– Muito bem! Vá até a amurada e olhe para aquele ponto – seu dedo indicava o horizonte. – O que está vendo?

– O mar... só mar...

– E para ver isto você acha que precisa viajar o mundo por tantos anos? Esta mesma paisagem você enxerga de qualquer cais de porto!... Já ouviu falar do capitão Ahab, o homem que vai comandar este navio? Sabia que só tem uma perna? Que a outra ele perdeu num entrevero com uma baleia?...

Sinceramente, não sabia se o homem queria ou não me alistar, porque todos os seus argumentos pareciam arranjados para me atemorizar. Confesso que ele quase estava conseguindo. Fiquei alguns instantes em silêncio, até escutar nova pergunta.

– Ainda assim, continua querendo embarcar?

– Quero...

Certo de haver testado o suficiente minha vontade e minha coragem, apresentou-se e a seu sócio. Eram os capitães Peleg e Bildad, os donos do *Pequod*. Cansados, hoje já não mais se faziam ao mar como nos velhos tempos, entregando o comando do seu navio a um capitão contratado, o senhor Ahab. Os marinheiros de navios baleeiros não recebem salários, mas comissões variáveis sobre o lucro da viagem. Ao me alistarem, percebi ser Bildad – apesar das frequentes citações bíblicas – um velho sovina, pronto a lograr qualquer um. Inexperiente, escapei de ser roubado, recebendo uma porcentagem justa, pela interferência de Peleg.

– Capitão Peleg, tenho um amigo que também pretende embarcar. Posso trazê-lo amanhã? – referia-me a Queequeg.

– E o que ele sabe fazer?
– Já matou mais baleias do que pode contar...
– Está bem. Pode trazer seu amigo.

Já estava em terra firme, quando me dei conta de que nem conhecia o capitão, em cujas mãos depositaria minha vida durante os próximos três anos. Uma dúvida instalou-se na minha cabeça: que homem seria esse que nem estava a bordo para conhecer, e talvez selecionar, seus comandados? E ainda mais: poderia um homem, com uma perna só, ser um eficiente comandante numa viagem que exige tanto coragem como eficiência? Voltei ao navio, com o propósito de conhecer o capitão Ahab...

– Agora é impossível – explicou-me Peleg. – Ele está em casa. Não sei bem o que está acontecendo com ele. Depois que perdeu a perna, na boca de uma baleia, tem seguidos momentos de depressão, não querendo receber nem a mim. Mas não se preocupe: ele é um homem bom e seu atual mau humor vai passar tão logo chegue aos trópicos. Depois, é melhor navegar com um comandante rabujento mas eficiente do que com um amável e incompetente. E Ahab é um homem acima do comum. Frequentou bons colégios, mas também já viveu entre selvagens. Conhece todos os segredos do mar e seu arpão é mais afiado e certeiro que qualquer outro conhecido...

Deixei o navio com uma sensação por demais estranha. Sem o conhecer, sentia pelo capitão Ahab uma certa simpatia, misturada ao medo e à tristeza. Alguma coisa que eu era incapaz de descrever. Na verdade, não sabia o que era...

9
A marca de Queequeg

Bem antes de chegarmos perto do *Pequod*, ouvimos os berros do capitão Peleg. Vendo Queequeg caminhar ao meu lado, segurando nas mãos o grande arpão, concluiu ser este o companheiro que eu queria embarcar comigo. Inconformado, aos gritos, dizia não ter sido informado de que se tratava de um selvagem, e acrescentava que canibais não subiam a bordo do seu navio.

Nesta situação crítica vi-me obrigado a mudar o curso da história de Queequeg. Argumentei com Peleg, dizendo-lhe que Queequeg era um convertido, um cristão, fazendo parte da primeira e grande Igreja a que todos nós pertencíamos. E eu não mentia: afinal, Deus não é um só? E Queequeg o respeitava mais que muitos cristãos que só mereciam este nome por terem sido levados a uma pia batismal.

Cedendo à argumentação, Peleg convidou-nos a embarcar.

– Vamos, subam a bordo. Você e este seu amigo Quohog, ou seja lá como você o chama. – O capitão bateu os olhos no instrumento de trabalho de Queequeg. Não escondeu seu espanto. – Deus do céu, que arpão!... Parece resistente e certeiro. Sabe manejá-lo? Já esteve antes embarcado e metido a caçar baleias?

Queequeg não se deixara perturbar pela relutância inicial de Peleg em alistá-lo a bordo. Como sempre, continuava dono dos seus nervos e da situação. Calmo, certo da sua dignidade silenciosa. Com passos seguros, encaminhou-se para a amurada do navio. Com o braço, apontou uma pequena mancha de óleo boiando na água, a uma grande distância. Ninguém reparou em seu linguajar trôpego: todos estavam atentos, magnetizados, ao mais insignificante dos seus gestos.

– O senhor ver aquela mancha? Pensar ser ela um olho de baleia...

O arpão voou de suas mãos, alcançando altura e distância que se diriam inatingíveis pela força de um braço humano. Ao descer, furou certeiro o centro da mancha de óleo. Sem demonstrar qualquer cansaço pelo esforço feito, Queequeg voltou-se para o capitão Peleg. Seu tom de voz era absolutamente normal:

– Agora, baleia estar morta!...

O capitão Bildad, que assistira à demonstração de Queequeg ao lado de Peleg, não conseguiu esconder seu entusiasmo, esquecendo o natural instinto para a sovinice e gatunagem. Afobado, exigia uma rápida ação do sócio:

– Peleg, depressa, traga a papelada! Precisamos contratar este homem. Ele precisa estar em uma das nossas baleeiras... Dê-lhe logo uma boa porcentagem, a melhor que até hoje se pagou a um arpoador de Nantucket.

10
O embarque

– Então vocês também embarcaram neste navio?... Já providenciaram seus testamentos? Alguma cláusula especial sobre suas almas? Com toda certeza ainda não conheceram o Velho Trovão...

Um homem maltrapilho cortava nosso caminho. Vestia-se com farrapos, o rosto cortado de sulcos profundos, herança de uma varíola. O brilho anormal dos seus olhos capturou nosso espanto.

– Estou vendo que não conhecem ainda o capitão Ahab, nem ouviram o que as profecias dizem a seu respeito... Mas o que tem que acontecer, acontecerá... Tudo já está escrito e determinado!

– Quem é você? Como se chama? – perguntei, mais irritado do que curioso.

– Elias...

Ao escutar seu nome não pude deixar de me lembrar do profeta bíblico. Tomado por um súbito mal-estar, agarrei Queequeg pelo braço, arrastando-o comigo, e nos afastamos da estranha criatura. Por mais que tentasse convencer-me de que não passava de um pobre louco, a sensação de morte próxima acompanhou-me pelo resto do dia.

No dia seguinte avisaram-nos que o *Pequod* poderia fazer-se ao mar de um momento para outro e que deveríamos levar para bordo nossos pertences. Como uma casa, um navio que se prepara para ficar no mar por diversos anos, precisa de um mundo de pequenos e grandes objetos. Sabíamos assim que o *Pequod* permaneceria no porto ainda por muitos dias, até estar totalmente provido. Resolvemos ficar em nosso quarto de estalagem, mais confortável, até o último momento, visitando o navio diariamente. Em nenhuma destas visitas encontramos o capitão Ahab, que continuava invisível. Quando nos disseram que o navio deixaria o porto no dia seguinte, embarcamos.

A bruma da madrugada envolvia o cais do porto. Pareceu-me ter visto vultos correndo em direção ao *Pequod*. Foi tudo tão rápido e tão difuso que não podia precisar se as sombras tinham vida própria ou eram fruto da minha imaginação. Uma leve pancada no ombro fez com que me voltasse. Ao meu lado, o homem das profecias, novamente a incutir-me dúvidas.

– Então vão mesmo embarcar... Não viram vultos correndo para o navio? Pois tentem encontrá-los... – disse Elias.

Queequeg procurava adivinhar o que ia pelo interior daquele homem. Puxei-o comigo.

– Vamos embora, Queequeg. Não passa de um doido!

A bordo, apenas um velho marinheiro. Perguntei-lhe pelos homens que teriam subido à nossa frente. Escutara, é verdade, alguns ruídos diferentes, mas não vira ninguém entrar no navio antes de nós.

Assim que o sol surgiu, dissipando o nevoeiro, os demais tripulantes chegaram em pequenos grupos. Starbuck, o primeiro imediato, comandava todas as ações no convés. O capitão Ahab, que embarcara na noite anterior, continuava invisível no interior do seu camarote.

11
Natal no Atlântico

A âncora foi levantada, as velas içadas aos seus mastros, as amarras, que prendiam o *Pequod* ao cais, soltas. E deslizamos sobre a água, buscando a barra do porto, saída para o mar alto.

Conhecedores dos canais da baía, o capitão Bildad e o capitão Peleg conduziram o navio até alcançarem a segurança de águas profundas, deixando para trás os bancos de areia e recifes submersos. Reunindo toda a tripulação no convés, despediram-se, desejando-nos boa viagem e boa pescaria. Esperavam que voltássemos, depois de três anos, com os porões do navio abarrotados de óleo de baleia. Entregaram o comando do *Pequod* a Starbuck e regressaram ao porto em outra embarcação, que nos seguira de longe. O capitão Ahab continuava enfurnado em sua cabine.

Fazia muito frio. Era Natal. E mergulhávamos, solitariamente, no Atlântico...

Segunda parte
O mundo do *Pequod*

1
Profissionais do mar

Nós, os baleeiros, frequentemente somos injustiçados. As pessoas que não nos conhecem, nem conhecem nosso trabalho, costumam acreditar que somos ou aventureiros poéticos e indolentes ou então simples açougueiros. Num ponto posso até condescender: está certo, somos carneadores. Mas também não o são os generais e soldados que passam o tempo a promover as mais estúpidas guerras? E, no entanto, o mundo os respeita, sem saber que os mesmos que ostentam sua empáfia, como se fosse coragem, fugiriam ao primeiro encontro com o grande cachalote. Agora, a pesca da baleia não tem nada de indolente ou de poético. Ao contrário: o mundo deve muitas das suas conquistas a estes homens trabalhadores e desbravadores. Durante muito tempo, os navios baleeiros foram os pioneiros em desvendar os segredos de novas rotas e novas terras. Foram os baleeiros, por exemplo, que primeiro quebraram o monopólio comercial entre a Espanha e suas colônias, dobrando o cabo Horn, aportando no Peru, na Bolívia, no Chile.

Além do capitão Ahab, supremo comandante do nosso navio, o *Pequod* tinha três subcomandantes: um imediato, ou primeiro-oficial, um segundo-oficial e um terceiro-oficial, apresentados em ordem hierárquica. Eram eles os responsáveis pelo perfeito funcionamento dos menores detalhes do navio. Também substituíam o comandante na sua ausência e cada um deles comandava uma das baleeiras, quando íamos à caça de baleias.

Starbuck, natural de Nantucket, era o imediato do *Pequod*. Alto, magro, grave, sério. Seus olhos refletiam a calma com que tinha enfrentado e vencido os milhares de perigos, nos seus trinta anos bem vividos. Mantinha com a natureza – e, consequentemente, com o mar e seus habitantes – um relacionamento de reverência natural, que o predispunha a uma certa superstição. Não aquela superstição originária da ignorância, e sim de uma função inteligente do instinto. Extremamente prudente, não admitia a bordo de sua baleeira nenhum homem que não tivesse medo de uma baleia. Dizia sempre que um homem sem qualquer tipo de medo era muito mais perigoso que um covarde, porque a coragem eficaz é aquela que nasce do real conhecimento dos perigos a serem enfrentados. Acreditava estar ali, no meio do mar, para ganhar a vida caçando baleias e não para deixar-se matar por uma delas.

O segundo-oficial era Stubb. Bem-humorado, simples, de fácil relacionamento. Tarefa difícil precisar o que pensava da morte: se aceitava os perigos com indiferença, também era certo que os enfrentava de forma destemida, manejando a lança de maneira fria e eficiente, enquanto cantarolava velhas recordações. E, mesmo nos momentos mais difíceis, continuava a segurar nos dentes um dos cachimbos da sua enorme coleção.

Flask, o terceiro-oficial, era um jovem baixo, forte, agressivo. Especialmente agressivo com as baleias, dando a impressão de que caçá-las não apenas fazia parte das suas obrigações. Muito mais que isto: era uma questão de honra, como se elas o tivessem ofendido de forma pessoal e hereditária. Não possuía o menor senso de perigo, acreditando haver pouca diferença entre matar um rato e uma baleia. A morte da última era apenas decorrência de uma maior habilidade e de tempo. Na verdade, a ausência do medo tornava-o frívolo: caçava baleias para divertir-se.

Cada um destes três homens era o responsável por uma baleeira. Cabia-lhes não apenas pilotá-la, quando em perseguição ao monstro, mas também acabar de matá-lo com afiadas lanças, depois de firmemente arpoado.

Tinham eles, ainda, seus arpoadores exclusivos. Daí ocorrer o nascimento natural, entre as duplas, de uma forte e íntima amizade.

Queequeg fora escolhido por Starbuck para seu companheiro. Desnecessário falar mais sobre ele, já é nosso velho conhecido.

Tashtego fazia dupla com Stubb. Era um índio de sangue puro, nascido em Gay Head, lugarejo que já fornecera a Nantucket muitos dos seus melhores e mais valentes arpoadores. Os seus cabelos compridos, seus olhos negros, seu rosto de traços nobres conferiam-lhe uma altivez de guerreiro, que lembrava seus antepassados caçadores.

Daggoo era o terceiro arpoador, executando seu trabalho na baleeira do pequeno Flask. As pessoas sentiam-se pequenas e humildes ao seu lado: ele era um gigante negro e selvagem, com grandes anéis de ouro pendurados nas orelhas. Ereto como uma girafa, costumava passear pelo convés toda a imponência e altivez dos seus mais de dois metros, calçando rústicos e grandes tamancos.

Os outros tripulantes do *Pequod* eram originários das mais diferentes localidades do mundo e, por misterioso acaso da natureza, haviam se encontrado em Nantucket. Alguns eram americanos, a maioria vinha das muitas ilhas espalhadas por mares longínquos: Açores, Falklands...

2
O capitão Ahab

Durante as primeiras semanas de navegação, enfrentamos o frio e o mau tempo. À medida que o *Pequod* se aproximava dos trópicos, os dias tornavam-se mais amenos.

Já estávamos no mar há bastante tempo e o capitão Ahab ainda não dera sinal de sua presença. Os oficiais revezavam-se no comando, parecendo ser os únicos responsáveis pelo navio. Uma ou outra vez saíam da cabine do capitão com alguma ordem que fugia ao padrão normal de procedimento: nestes poucos instantes podia-se perceber que havia algum ente superior a quem deviam obediência.

Numa destas manhãs amenas, senti um arrepio agourento tomar conta do meu corpo: ao subir para a coberta, avistei o capitão Ahab. Encontrava-se na ponte de comando. Parecia esculpido em sólido bronze, a figura alta e forte recortando sua silhueta contra o azul do céu e o vermelho do sol nascente. Exceto uma grande cicatriz, que atravessava todo seu rosto indo esconder-se no pescoço, dentro das roupas, nenhum sinal de doença ou mesmo convalescença recente. Impressionou-me a postura majestosa e segura do capitão, especialmente por saber que não possuía uma das pernas. Magnetizados, meus olhos fixaram-se por longo tempo no objeto preso ao seu joelho, esculpido em um pedaço de osso da queixada de um cachalote. O final desta perna de marfim estava firmemente ancorado num buraco, de mais ou menos dois ou três centímetros de diâmetro, furado no assoalho do convés. Daí sua segurança e facilidade de permanecer imóvel, bastando segurar-se com uma das mãos na amurada ou em outro ponto de apoio qualquer, mesmo com o navio jogando ao balanço das ondas. Posteriormente, descobri a existência de furos semelhantes em outras partes da coberta do navio. Durante o tempo em que permaneceu no seu posto, não pronunciou uma única palavra. Retirou-se logo. Voltou a aparecer nos dias seguintes. Com o passar do tempo, sua presença na coberta tornou-se mais frequente e prolongada. Também os dias, a cada manhã, surgiam mais claros e mais quentes: o *Pequod* aproximava-se dos trópicos...

3

Baleias

Acho conveniente e necessário passar-lhes algumas informações sobre as baleias. Afinal, elas são personagens importantes desta história e só conhecendo-as melhor é que poderão entender muitos dos acontecimentos aqui narrados...

Simplificando a definição, diria que baleia é todo peixe que solta um jato de água e tem cauda transversal. Além destas características, possui outras, que a diferenciam dos demais peixes: é também um mamífero e seu sangue é quente (ao contrário dos outros peixes, que têm sangue frio e não têm pulmões).

Em sua grande maioria, são pretas. Vivem em todos os mares, movimentando-se, ciclicamente, de um lugar para outro. Por isto, os que conhecem seu comportamento sabem onde encontrá-las em maior número, no tempo certo e em lugares predeterminados.

Existem muitos tipos de baleias: dezenas deles. De tamanhos e comportamentos diferentes.

Até alguns anos atrás, acreditava-se que a Baleia da Groenlândia fosse a maior de todas elas. É também conhecida como baleia negra, baleia grande e baleia verdadeira. Caçada regularmente, há bastante tempo, dela se extraem as chamadas barbas de baleia e o conhecido óleo de baleia, na verdade um produto de qualidade inferior.

Mas, comparada com o cachalote, a Baleia da Groenlândia não merece grande atenção. Acontece que o cachalote, este magnífico e impressionante monstro marinho, o maior dos animais da Terra, ainda é pouco conhecido. E, mesmo hoje, são poucos os destemidos que saem à sua procura, apesar do seu grande valor comercial: é o único do qual se extrai o valioso espermacete, além do óleo. Também, dentre todas as baleias, o cachalote é o único a possuir dentes. E, se suas irmãs continuam arredias em qualquer circunstância, este grande monstro torna-se extremamente perigoso e irascível, revidando aos ataques, quando perseguido e ferido...

4
As intenções de Ahab

Naquele fim de tarde pude perceber como o capitão Ahab sabia lidar com os sentimentos dos homens, magnetizando-os, direcionando-os cegamente para os objetivos – quaisquer que fossem – que tinha em mente.

Andava ele pela coberta, tenso e nervoso, já fazia algum tempo. A ordem que gritou, interrompendo seu caminhar e suas lucubrações, atiçou em todos a expectativa de ocorrências anormais.

– Toda a tripulação à popa! Aqui, reunida à minha volta! Vocês também, vigias! Desçam!

Apenas circunstâncias muito especiais permitiam a reunião de toda a tripulação na coberta, tirando dos seus afazeres até mesmo o timoneiro e o oficial de plantão. Daí, a surpresa geral...

Reunidos os marinheiros, Ahab começou a falar-lhes. O tom de voz, a princípio, era calmo, causando até mesmo uma certa decepção entre os que esperavam a revelação de alguma ocorrência extraordinária.

– Que é que vocês fazem quando avistam uma baleia, marujos?

– Assinalamos sua presença – respondeu, em conjunto, a tripulação, lembrando respostas decoradas de alunos temerosos diante da primeira professora.

– Muito bem. E depois?

– Descemos os barcos e saímos a caçá-la...

Por alguns instantes, o capitão Ahab conservou o mesmo tom de voz calmo. Aos poucos, foi imprimindo a cada palavra o peso e a entonação necessários para levar seus homens a uma alucinação coletiva...

— Já dei instruções a todos os vigias para não deixarem escapar o menor sinal de uma baleia branca... Agora, olhem aqui! Estão vendo este dobrão de ouro? Pois ele vale mais que um grande punhado de dólares. É de ouro. Ouro puro... E será daquele que primeiro avistar a baleia branca! Portanto, olho aberto, rapazes!

O silêncio dominou o navio, enquanto o capitão Ahab pregava o dobrão na madeira do mastro grande, depois de lustrá-lo, como se quisesse aumentar-lhe o brilho dourado. Até esta breve pausa parecia estudada e proposital. Quando voltou a falar, conseguiu transferir para todos que o miravam o mesmo brilho alucinado dos seus olhos.

— Estou falando de uma baleia branca! Uma baleia branca, de testa enrugada, com três furos na altura da nadadeira de estibordo... Aquele que me assinalar esta baleia, tornar-se-á o novo dono desta moeda de ouro! Não a deixem escapar! ...

Tashtego, Daggoo e Queequeg, os arpoadores, pareciam sofrer mais intensamente o momento de alucinação e sucumbir de modo irreversível ao clima de encanto e magia provocado por Ahab.

Os três atropelaram-se ao falar, um completando a frase e o pensamento do outro, como se estranhas reminiscências brotassem, ao mesmo tempo, em suas cabeças.

— Esta baleia branca não é a mesma que alguns chamam de Moby Dick?

— Ela não lança um jato de água diferente? Espesso e rápido?

— E ela carregar no lombo muitos ferros retorcidos? — era Queequeg, esforçando-se por falar corretamente.

O capitão Ahab, nesta altura, já não era mais dono das próprias emoções, deixando-se também dominar pela empolgação geral.

– É esta mesmo, arpoadores! Quando vocês virem esta baleia, rapazes, saberão ter chegado a hora, porque ela é mesmo a que chamam de Moby Dick. Morte e maldição! Eu quero esta baleia, e vocês vão me ajudar a encontrá-la!...

Starbuck era o único, entre todos os marinheiros, que não sucumbira ao arrazoado do capitão Ahab. Inutilmente, tentou trazer-nos de volta ao mundo da razão.

– Capitão Ahab, não foi Moby Dick que lhe arrancou a perna? Não, não me falta coragem para enfrentá-la. Mas embarquei para caçar baleias e não para aplacar a sede de vingança do meu capitão. E acredito ser uma grande estupidez buscar a vingança sobre um monstro irracional, que o feriu levado apenas pelo instinto de sobrevivência. Sentir ódio de um animal me cheira até a uma grande blasfêmia...

Ahab não tomou o menor conhecimento dos argumentos do seu imediato. Ao contrário, usou-os como pretexto para continuar sua pregação, como um messias iluminado anunciando profecias indiscutíveis.

– Sim, Starbuck, foi esta maldita baleia branca que me arrancou a perna, tornando-me um aleijado para o resto da vida. Você fala em vingança. Eu falo em libertação. Como pode um prisioneiro libertar-se, senão ultrapassando as grades? Pois Moby Dick é a grade que me cerca. Hei de matá-la para me libertar. Foi para isto que vocês embarcaram: para caçar a baleia branca por todos os mares dos dois lados da Terra, até que ela morra afogada no próprio sangue!

Faltava apenas o ato final do grande espetáculo. E o capitão soube não apenas representá-lo, mas – como um competente maestro – provocar a participação geral da sua orquestra.

– Despenseiro, sirva a bebida! Que todos bebam à vontade... Isto... Repitam a dose... Fartem-se... Oficiais, aqui do meu lado direito... Arpoadores, fiquem ao meu lado esquerdo... Agora, levantem as taças... Vocês também, marinheiros... Quero escutar em todas as gargantas, sentir em todos os olhos a promessa de me seguirem até o fim do mundo, se preciso for, para matar Moby Dick. Jurem!

Starbuck foi o único a baixar os olhos para o convés, enquanto à sua volta o êxtase chegava ao seu ponto culminante, envolvendo toda a tripulação do *Pequod*.

5
Moby Dick

Também eu, Ismael, tinha juntado minha voz aos demais, jurando violência e vingança. Vivia um sentimento selvagem e místico, o ódio insaciado e ensandecido de Ahab tomando posse da minha vontade, penetrando em cada poro da pele.

Moby Dick estava na origem e era o motivo deste lado obscuro do nosso comportamento, dominado pela irracionalidade...

Muitos pescadores, suficientemente corajosos para lutar contra a Baleia da Groenlândia, não ousariam enfrentar o grande cachalote. Outros, ainda, já o tentaram, mas tantos foram os insucessos que acabaram por desistir da sua caça. A verdade é que bem poucos navios, fora os americanos, aventuram-se a velejar pelos mares habitados pelos cachalotes para lhes dar combate. E se já são poucos os que se arriscaram a enfrentar um cachalote comum, são ainda em menor número os que ousaram cruzar o caminho de Moby Dick. Especialmente depois de tudo que se contava a respeito do grande monstro branco...

Moby Dick distinguia-se dos outros cachalotes tanto pela sua envergadura incomum como pela sua cabeça e bossa brancas e enrugadas. Diziam também ter o dom da ubiquidade, podendo estar ao mesmo tempo em mais de um lugar. O que pode não ser verdade: as baleias percorrem os mais longínquos e diferentes mares, em questão de poucos dias. Existem relatos comprovando a captura de baleias no Pacífico que ainda carregavam no dorso arpões cravados por pescadores nórdicos. Logo, a superstição, muito comum entre os homens do mar, encarregou-se de transformar Moby Dick num ser imortal. Mas o pavor e o medo que todos lhe tinham não se originavam nem de sua alvura incomum, nem de sua queixada disforme. O terror provinha da sua inteligência maligna, nunca antes observada num ser irracional. Temiam-se seus ataques. Mais ainda, suas retiradas traiçoeiras, quando ameaçava fugir diante dos seus perseguidores, para voltar-se bruscamente e desfazer em pedaços as baleeiras, obrigando os homens a buscar o refúgio do navio. E não foram poucos os que perderam suas vidas.

Ao enfrentar Moby Dick, o capitão Ahab, se não morreu, pagou um alto preço pela sua ousadia. Contam que Ahab, ao dar-lhe caça, conseguiu enfiar-lhe nos costados seu certeiro arpão. No instante seguinte, suas três baleeiras estavam afundadas, enquanto homens e remos rodopiavam no turbilhão. Cego de raiva, lançou-se contra o cachalote, procurando atingi-lo com uma grande faca, a única arma que lhe restava. Moby Dick mergulhou. Na trajetória, sua queixada retorcida decepou a perna do capitão, sem dificuldade maior do que aquela encontrada por uma criança ao rasgar uma folha de papel. Recolhido ao navio, Ahab passou um longo período de inconsciência, que se alternava com breves momentos de lucidez, marcados pela dor alucinante da ferida e pela lembrança da morte da maioria dos seus pescadores. Tudo que atormenta enlouquece. É provável que o capitão Ahab tenha enlouquecido em sua viagem de regresso, embora conseguisse aparentar apenas tristeza e dor, dissimulando a loucura. Assim, era fácil compreender porque Ahab, depois deste encontro, alimentava contra Moby Dick um ódio selvagem e irracional.

6
Os caminhos do *Pequod*

Numa noite de intenso luar, os homens aproveitavam a temperatura amena para transferir a água doce de um reservatório para outro. Nem todos trabalhavam, só os do quarto da meia-noite. Evitando perturbar o sono dos que descansavam, passavam os baldes de mão em mão, em profundo silêncio. Um dos marinheiros julgou ter ouvido ruídos de tosse, vindos do porão de carga. Estranhou o acontecimento: só o capitão e os oficiais de bordo tinham a chave deste local e ninguém penetrava ali sem ordem expressa de algum deles. Archy, o marujo que ouvira os ruídos, chamou a atenção do companheiro mais próximo, Cabaco, que não lhe deu maior importância, preocupando-se em continuar seu trabalho, passando o balde de água para o marinheiro seguinte. Também Archy acabou esquecendo o episódio...

Enquanto parte da tripulação descansava e outra trabalhava, o capitão Ahab, no seu camarote, debruçava-se sobre os mapas marítimos. Fazia o mesmo trabalho todas as noites. Apagava linhas, anotava novos rumos, calculava a latitude e a longitude. Seus pensamentos convergiam sempre para um ponto: a estação da linha, um lugar determinado no Pacífico equatorial, a dezesseis graus de latitude. Tinha certeza de ali encontrar Moby Dick, no tempo certo – o verão dos trópicos.

Os cachalotes viajam em cardumes e têm épocas certas de retorno a determinados lugares, onde encontram seu alimento. Para alguns, encontrar um cachalote no mesmo local em anos sucessivos é apenas uma possibilidade. Para outros, as possibilidades se transformam em probabilidades. Para Ahab, que conhecia como ninguém todos os caminhos do mar e todas as espécies e todos os costumes das baleias, as probabilidades viravam certeza. Sabia ter um encontro marcado com Moby Dick, na estação da linha, na época do Natal, tempo de frio no norte e calor tórrido nos trópicos. Fora ali que acontecera a maior parte das batalhas envolvendo o grande cachalote branco. Também fora neste mesmo local que o capitão Ahab enfrentara Moby Dick, perdendo a perna na luta.

Nunca descobri se algum dia os donos do *Pequod* desconfiaram da loucura do capitão Ahab. É possível que, se soubessem do seu verdadeiro estado, não lhe entregassem o comando do navio. Ou, ao contrário, talvez imagi-

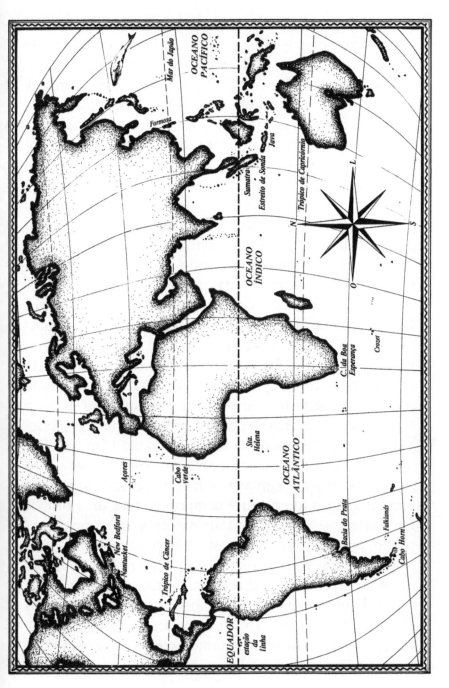

nassem que este caráter tão vingativo e sombrio o qualificava como o mais feroz e sanguinário dos caçadores de baleias. Mas, enquanto Bildad e Peleg pensavam em caçadas que lhes rendessem grandes lucros, Ahab pensava apenas numa única baleia: Moby Dick. Poderia até mesmo caçar outras, mas não era este seu objetivo final.

O *Pequod* partira de Nantucket no Natal, começo de verão nos trópicos. Por mais velocidade que conseguisse imprimir ao seu cruzeiro, não teria a menor possibilidade de dobrar o cabo Horn e subir sessenta graus de latitude para encontrar-se no Pacífico equatorial na época própria. Ainda assim, Ahab preferira gastar seu tempo no mar a ficar em terra, consumindo-se em ansiedade e em noites de insônia perturbadas por mil fantasmas.

O capitão Ahab não era dado a arrependimentos. Por isto, não se arrependeu por haver revelado, prematura e impulsivamente, o fim principal e particular da viagem do *Pequod*. Mas pesou as consequências da sua explosão e tratou de prevenir-se, anulando-as. Sabia que Starbuck poderia rebelar-se. Compreendia que poderia ser acusado de usurpar o navio e que sua tripulação poderia tanto não lhe obedecer mais, como também tirar-lhe o comando do barco. Sem qualquer problema legal, até mesmo de acordo com as severas leis do mar. Ahab não ignorava outro importante componente da alma humana: o interesse. Passado o momento de emoção, no decorrer do qual os homens esquecem os interesses menores, eles voltariam a preocupar-se com o lucro do seu trabalho e da viagem. O velho feiticeiro não podia tirar dos seus marujos a esperança de ganhar dinheiro. Enquanto eles perseguem Moby Dick por prazer, pensava maquiavélico, é preciso alimentar também seus interesses cotidianos e comuns.

Por todas estas razões, Ahab compreendeu claramente que precisava aparentar a maior fidelidade possível ao objetivo natural da viagem do *Pequod*: caçar cachalotes, encher os porões de óleo, garantir polpudos lucros para os donos do navio, deixar os marinheiros acreditarem que também poderiam morder um bom bocado dos dividendos...

Assim, durante vários meses, o *Pequod* velejou pelo Atlântico, cruzando-o de norte a sul, dobrou o cabo Horn, subiu pelo Pacífico em direção ao Mar do Japão. Parecia seguir o caminho natural dos cachalotes, dando caça a todos que estivessem ao alcance do olho dos vigias postados nos mastros. Mas, em nenhum momento, Ahab esqueceu-se do seu objetivo particular: mesmo os pequenos desvios de rota e as ocasionais paradas eram propositais. Ele conduzia o *Pequod* ao encontro de Moby Dick...

Terceira parte
Na trilha das baleias

1
A primeira caçada

Era um daqueles dias em que as águas do mar emprestam do céu, coberto de nuvens, a cor cinza. Se chovesse aquela chuva fina e continuada do inverno, procuraríamos todos um abrigo, e os que cresceram em fazendas do interior iriam recordar-se de tortas de frutas ou bolo de milho, saboreados junto ao calor de um fogão a lenha. Mas não chovia, o que tornava o ar sonolento e as pessoas apáticas.

Tashtego encontrava-se empoleirado nas forquetas do mastro central, os olhos percorrendo as lonjuras do mar. Com seu grito de alerta, o navio todo se movimentou, instantaneamente, criando vida.

– Cachalotes! Ali!... Estão soprando a duas milhas. São uma porção!...

O indiano foi substituído, na vigia, por um outro marinheiro – um dos marujos que não descem ao mar para caçar as baleias, mas ficam no navio, encarregados de guardá-lo. Em todos os cantos do convés respiravam-se agitação e ansiedade. As baleeiras pendiam ao lado da amurada, esperando os homens embarcarem, para deslizar, por cabos suspensos, até o nível da água. Preparava-se afoitamente a descida, como se seu fim fosse a abordagem de um navio inimigo.

Um grito de espanto! E todos olharam, não para o autor do grito, mas na direção que seus olhos assustados apontavam. Ahab preparava-se também para descer ao mar, na baleeira de reserva. Ao seu redor, cinco fantasmas desconhecidos... O capitão ocupou a popa do barco. O homem que se sentou à proa, lugar destinado ao arpoador, era enorme e escuro. Um grande dente branco e maligno abria espaço entre os lábios, ficando permanentemente à mostra. Cobria-se com uma túnica chinesa de algodão negro. Um turbante branco enrolado à cabeça completava a indumentária. Os outros homens, que se sentaram nos bancos dos remadores, eram menos escuros, com pele mais brilhante, amarelada, típica dos indígenas de Manilha, tidos pelos marinheiros como uma raça diabólica.

– Fedallah, tudo pronto? – Ahab ignorou o espanto geral, dirigindo-se apenas ao seu proeiro. Com o silencioso sinal de anuência deste, uivou a todos: – Escaleres ao mar! Estão esperando o quê, seus palermas?

O grito foi tão potente que os homens, embora ainda surpresos, fizeram-se rapidamente ao mar, as cordas das baleeiras girando apressadas nas roldanas.

Mal as baleeiras tocaram a água, afastaram-se rapidamente do *Pequod* impulsionadas por remadas vigorosas. A tripulação de cada uma delas era composta por seis homens: na proa, o arpoador; na popa, um oficial; nos bancos centrais, quatro remadores. Enquanto perseguiam a baleia, os quatro remadores eram auxiliados no seu trabalho pelo arpoador. Por isto, quando se aproximavam da sua presa, não raro, o arpoador exausto errava ou feria de raspão o alvo. Ao arpão, ia amarrada uma resistente e comprida corda. Presa a baleia, ao tentar fugir, levava de arrasto atrás de si o barco, amarrado no final da corda. Ferida e gastando grande quantidade de energia, depois de algum tempo a baleia via-se forçada a diminuir sua velocidade. Os remos novamente punham-se em ação, procurando colocar a baleeira ao lado da sua caça. Arpoador e oficial trocavam então de lugar no barco, cabendo ao último acabar de liquidar o monstro com seguidos golpes de uma grande e afiada lança.

Demorou pouco para que as três baleeiras – comandadas por Starbuck, Stubb e Flask – fossem ultrapassadas pela de Ahab, numa prova incontestável do grande vigor da sua tripulação fantasma.

Aproximando-se do cardume de cachalotes, o capitão ordenou que os barcos se afastassem uns dos outros para cobrirem um maior campo de ação, possibilitando a caça de mais animais. Antes de efetuarem a manobra, os oficiais tiveram tempo de trocar rápidas impressões.

– Senhor Starbuck, que pensa daqueles tipos amarelos? – perguntou Stubb.

– Com certeza foram embarcados clandestinamente, antes de levantarmos ferros...

– Eu sabia que havia mais alguém a bordo – intrometeu-se Archy. – Escutei-os tossindo no porão. Até comentei isto, não é Cabaco?

– O caso é aborrecido, mas agora não é o que importa – cortou Starbuck. – Que seja o que Deus quiser! Viemos atrás do óleo dos cachalotes e há uma porção deles à nossa frente.

– Pois bem, vamos lá... – concordou Stubb. – Mas garanto que a Baleia Branca anda metida no meio de toda esta história.

Os barcos afastaram-se, cada um buscando cercar o cardume por um lado diferente. À frente de todos, a baleeira do capitão. Ahab manejava o leme com tanta firmeza, que nem parecia ser um mutilado.

Pressentindo nossa proximidade, os cachalotes mergulharam. No mesmo instante, cessaram todos os movimentos nas baleeiras, apesar da grande distância que as separava. De repente, não posso precisar quanto tempo depois, a água agitou-se violentamente alguns palmos abaixo do nosso barco, obrigando-nos a uma rápida manobra para não sermos emborcados. Faiscando igual veloz flecha, um dos cachalotes emergiu no local onde momentos antes estivera nossa baleeira e saiu em desabalada carreira. Nosso barco, comandado por Starbuck, seguiu em sua perseguição, afastando-se dos demais. Também os jatos de vapor lançados pelos cachalotes já não se misturavam, surgindo espalhados por toda parte.

O mar escrespou-se mais e mais, as ondas picavam em espaços sempre menores: era o aviso de tempestade próxima.

– Vamos, homens! – As palavras de Starbuck, mais que uma ordem, eram um incentivo. – Ainda temos tempo de matar o monstro antes que caia a borrasca...

A distância que nos separava do cachalote diminuía a cada remada. O grito de dois remadores avisou-nos da chegada de outras baleias, perigosamente próximas. Também o momento tão esperado da ação chegara, não dando tempo a Starbuck de avaliar a situação.

– De pé! – gritou o imediato.

Queequeg não precisou da segunda ordem. Empunhando o arpão, permaneceu à espera do momento oportuno. Um pouco à frente, o cachalote perseguido abria caminho, com dificuldade e cansaço sempre maiores, no meio das ondas. Ao ter a bossa do grande peixe ao alcance da força do braço musculoso, lançou o arpão. Um leve silvo: era o ferro afiado de Queequeg levando consigo a corda. Na popa, um violento safanão: o barco fora abalroado por uma das baleias retardatárias. A equipagem foi lançada ao mar, num turbilhão de águas revoltas. Borrasca, jatos de água, arpão, tudo misturava-se ao nosso redor. O cachalote arpoado, apenas ferido de raspão, fugiu.

A baleeira enchera-se de água. Navegava agora meio submersa, mas não havia emborcado. Transpondo a amurada, voltamos a ocupar nossos lugares. Por mais que olhássemos em volta, nenhum sinal das outras baleeiras. Nem do *Pequod*. O vento cresceu de intensidade, passou a uivar. As ondas elevavam-se acima do mar, sempre maiores. Gritar por socorro, além de estúpido, seria inútil. Logo o nevoeiro tornou-se denso. Pouco depois, chegou a noite.

Starbuck cortou o fio que fechava o saco impermeável, onde se encontravam os fósforos, e conseguiu acender a lâmpada da lanterna. Passou-a a Queequeg, que a suspendeu na ponta de um remo. E ali ficou ele, como nosso farol na noite escura e solitária. Madrugada. A lanterna jazia apagada no fundo do barco. Sonolentos, cabeceávamos de sono. Queequeg foi o primeiro a escutar um fraco rangido, ruídos de cordames e de velas. Rasgando o nevoeiro, o *Pequod* avançava em nossa direção, tão próximo que seria impossível qualquer manobra para evitar o choque. Apavorados, mergulhamos no mar, afastando-nos o mais possível. Abalroada, a baleeira submergia debaixo da proa do navio, voltando a aparecer, quase intata, na popa. Finalmente fomos recolhidos, sãos e salvos, junto com nosso barco.

Quando a tempestade caiu, as outras baleeiras abandonaram a caçada e retornaram ao *Pequod*. A bordo do navio, já tinham perdido qualquer esperança de nos resgatar vivos. Cruzavam aquelas águas procurando apenas encontrar algum sinal do nosso naufrágio...

Mais tarde, perguntei a Queequeg se ocorrências semelhantes eram comuns e rotineiras, porque – passados alguns instantes – ninguém mais lhes dava qualquer importância.

Queequeg anuiu, também sem interesse maior em levar adiante esse tipo de conversa. Stubb, que se encontrava próximo, ouviu a pergunta e reforçou, dramaticamente, o parecer do meu amigo.

– Starbuck até que é prudente. Eu já arriei escaleres no meio de uma tempestade, ao largo do cabo Horn, de um navio fazendo água. Já pensou por que os remadores permanecem de costas para a baleia? Gostaria de ver uma equipagem remando de frente para os seus olhos. Garanto que todos iriam arrepiar caminho...

Não contente em me amedrontar, o segundo-oficial afastou-se, rindo ironicamente. Pior do que isto era saber que todas as suas palavras diziam apenas a verdade.

2
O jato fantasma

Num navio baleeiro, mesmo acontecimentos fantásticos não têm vida longa. Rapidamente, passam a ser incorporados como ocorrências normais. Assim, em pouco tempo, os marinheiros fantasmas embarcados por Ahab misturaram-se com o resto da tripulação. Menos Fedallah, o homem do turbante. Manteve-se sempre isolado, misterioso, inquietante. Ninguém conseguiu descobrir de que mundo viera, nem que estranhos laços o ligavam ao capitão Ahab, a ponto de ter sobre ele uma inexplicável influência e até mesmo autoridade.

Por certo os donos do *Pequod* não aprovariam o embarque clandestino promovido pelo capitão. Mas ficariam satisfeitos vendo a atenção que Ahab dedicava à sua baleeira, até então tida apenas como um barco-reserva. Aparelhou-a com cavilhas especiais, por onde a corda do arpão corresse segura. O travessão, que serve para o arpoador se apoiar no momento de lançar o dardo, foi modificado para que nele pudesse apoiar seu joelho. O capitão foi visto, muitas vezes, executando o trabalho com suas próprias mãos e experimentando a praticidade das adaptações. Entre a tripulação, porém, todos acreditavam que estes cuidados especiais atendiam unicamente ao seu objetivo de caçar pessoalmente Moby Dick.

Passaram-se dias, semanas... O *Pequod*, velas desfraldadas, percorrera lentamente quatro diferentes zonas de cruzeiro: o largo de Açores, Cabo Verde, bacia do Prata e proximidades de Carol, ao sul de Santa Helena.

Foi neste último local que, numa noite clara de lua cheia, Fedallah eletrizou e movimentou toda a tripulação do navio, com um grito de aviso rompendo o silêncio.

– Cachalote!... À nossa frente... Está soprando...

O cachalote é facilmente diferenciado das demais baleias por soprar seu jato de água de modo intermitente e a espaços regulares.

Apesar da hora, o grito de Fedallah foi tão impressionante, tão carregado de prazer, que excitou a todos. Instintivamente, aguardávamos o momento de arriar as baleeiras. Nas mãos do melhor piloto, com todas as velas desfraldadas, o *Pequod* buscava aproximar-se do cachalote. O esforço foi inútil. O jato prateado do sopro da baleia continuava longe. Afastou-se mais e mais. Antes da claridade da madrugada chegar, desaparecera. Nas noites seguintes, sempre na mesma hora silenciosa, o jato fantasma voltava a aparecer, sem que o *Pequod* pudesse alcançá-lo.

Com sua natural superstição, e influenciados pela atmosfera do sobrenatural que nos cercava, logo os marinheiros ligaram o jato fantasma a Moby Dick. Acreditavam que o cachalote nos induzia à sua perseguição, levando-nos a mares longínquos e selvagens, para então nos despedaçar, à vontade e sem a possibilidade de que recebêssemos ajuda...

Ao rumarmos para leste, dobrando o cabo da Esperança, estas preocupações desapareceram. Durante dias, as grandes e constantes ondas, características deste local, jogavam o navio de um lado para outro, encharcando-o de proa a popa, exigindo todo o nosso esforço e atenção para mantê-lo no rumo e à tona...

3
Encontros no mar

Os navios baleeiros americanos, quando se fazem ao mar, costumam permanecer longe do porto de origem por um período de aproximadamente três anos. Velejam por todos os mares do mundo, embora normalmente não aportem nunca em terra alguma. Como levam os porões repletos de água cristalina e alimentos em abundância, não sentem necessidade de se reabastecerem. Com este procedimento evitam surpresas desagradáveis e perda de tempo.

Isolados do mundo por tão longo período, o encontro em alto-mar com outros navios baleeiros transforma-se em verdadeira festa. Arriam-se as baleeiras, trocam-se visitas e informações, come-se e bebe-se fraternalmente com a outra tripulação.

A sudeste do Cabo, ao largo das ilhas Crozet, encontramos o primeiro navio. Pelo seu aspecto, o *Albatroz* se encontrava há muito tempo longe do porto de origem – era de Nantucket, como o *Pequod* – e voltava para sua terra. A salinidade deixara o casco branco, não escondendo grandes pontos de ferrugem vermelha. Os homens ostentavam longas barbas e pareciam vestir peles de animais.

O vento e o mar picado anunciavam tempestade próxima. Por isto, nenhum dos dois navios arriou escaleres. Contentaram-se em cruzar seus caminhos o mais próximo possível para trocar algumas palavras de saudação. O capitão Ahab não perdeu a oportunidade, tentando obter notícias de Moby Dick.

– Ei, vocês do *Albatroz*, viram a Baleia Branca?

No momento em que o capitão do outro navio se debruçava sobre a amurada para responder, uma grande vaga balançou o *Albatroz*. Desequilibrado, o homem precisou das duas mãos para segurar-se, deixando cair no mar o megafone usado para conversas a distância. O *Albatroz* afastou-se sem nos dar nenhuma resposta...

Poucos dias depois, avistamos outro navio baleeiro de retorno, o *Town-Ho*, cujo nome nos trouxe à lembrança o grito que damos do alto da gávea ao avistarmos uma baleia. A zona do Cabo tem esta particularidade: por ser caminho quase obrigatório dos navios, é comum cruzar com vários deles num curto espaço de tempo.

O mar, já mais calmo, possibilitou arriar as baleeiras e subir a bordo do *Town-Ho*. Os porões repletos de óleo alimentaram nos marujos do *Pequod* a esperança de também conseguir bons lucros em sua expedição de caça. As notícias de Moby Dick forneceram a Ahab a certeza de trilhar o caminho certo. Sim, o *Town-Ho* encontrara a Baleia Branca. No Pacífico, um pouco acima da estação da linha. Na luta, Moby Dick não apenas destroçara uma das baleeiras que a perseguia, como também esmagara entre os dentes o oficial que a pilotava...

4
Presságio nos campos de *brit*

O *Pequod* velejava com vento bom em todos os panos dos três mastros, rumo nordeste das Crozet. Um grande campo de *brit* – substância amarelada, espécie de pastagem, principal alimento da Baleia da Groenlândia – cobria o mar, alongando-se em todas as direções até o alcance dos olhos. Brilhava ao sol como campo de trigo dourado e maduro.

No segundo dia em que o *Pequod* velejava no meio do *brit*, avistamos numerosas baleias. Nadando preguiçosamente, bocas escancaradas, rasgavam a pastagem, alimentando-se. Nosso propósito era caçar cachalotes, de maior valor comercial, não baleias comuns. Por isto, nem nos incomodamos em persegui-las, deixando-as seguir pacificamente seu caminho.

Bordejando lentamente, o *Pequod* tomou o rumo de Java.

Numa manhã azul e transparente, com o mar especialmente calmo e brilhante, Daggoo – de vigia no mastro grande – anunciou a aparição branca. Estranhamente, o animal não soltou nenhum jato de água. Afundou lentamente, voltando a mostrar sua brancura à tona da água minutos depois.

– Ali... ali... Voltou a aparecer... A Baleia Branca!...

Traído pela impaciência, Ahab deu ordens para arriar as baleeiras. As quatro embarcações embicaram na mesma direção, Ahab na dianteira. Já próximos, o vulto desapareceu. Remos suspensos, aguardamos sua reaparição.

Quando emergiu, presenciamos fenômeno surpreendente. Sem rosto, sem cabeça, sem nenhum indício de sensibilidade, uma grande massa gelatinosa de cor creme flutuava sobre a água, espalhando tentáculos por centenas de metros, lembrando gigantesca lula.

Mais que decepção, os homens sentiram receio. Incrédulos diante do desconhecido, permaneciam imóveis, paralisados pela aparição vinda de mundos ignorados. Pelas suas reações, somente Ahab e Starbuck sabiam – ainda que por relatos de terceiros – o que era aquela coisa à nossa frente. O capitão, sem comentários, manobrou o leme da sua baleeira, dirigindo-a de volta para o navio. Cabisbaixos e acabrunhados, os tripulantes dos outros barcos tomaram a mesma direção.

Embora feito em voz baixa, Flask ouviu o comentário de Starbuck.

– Preferia ter lutado contra Moby Dick a avistar este fantasma branco.

– O que era aquilo? – Flask aproveitou a oportunidade para matar sua curiosidade.

– O grande *squid* vivo. É mau agouro. Dizem que quem o vê, nunca mais regressa ao porto...

5

O primeiro cachalote morto

Queequeg foi o único entre os marujos a atribuir ao aparecimento do *squid* um outro significado. Dizia que o cachalote, por ser a única baleia a possuir dentes, costuma alimentar-se de pedaços arrancados dos tentáculos do monstro gelatinoso.

– Quando aparecer *squid*, logo se ver também cachalote – concluiu, em seu linguajar primitivo.

O quarto de vigia no mastro grande coubera a mim, na tarde do dia posterior ao aparecimento do *squid*. O ar estava carregado de marasmo. Um pesado torpor procurava jogar-me no mundo do sono. Se não dormia, a indolência transportava-me para os campos de sonho: os olhos viam, mas não enxergavam. O mesmo acontecia com toda a tripulação. Assim distraído, houve um instante em que os pés perderam o ponto de apoio. Sobressaltado, retornei à realidade, conseguindo segurar-me no cordame antes de despencar do alto do mastro.

E então vi o cachalote. Enorme, rolava no mar, a menos de quarenta metros do navio. Seu dorso escuro refletia os raios do sol como um espelho flutuante. Lançando, espaçada e constantemente, grosso jato vaporoso, parecia um gordo burguês a fumar tranquilamente seu cachimbo numa quente tarde de verão.

O navio sonolento e seus tripulantes acordaram sobressaltados. Mais de vinte vozes uniram-se, em coro, ao grito habitual do vigia.

– Arriar baleeiras! – berrou Ahab.

Obedecendo à sua própria ordem, foi o primeiro a ultrapassar a amurada do *Pequod*.

As quatro baleeiras – comandadas por Ahab, Starbuck, Stubb e Flask – procuraram aproximar-se silenciosamente, pois o cachalote, mesmo afastando-se, parecia não ter ainda percebido nossa presença. O monstro levantou a cauda, perpendicularmente, a mais de dez metros de altura, e mergulhou. Passado o tempo normal de mergulho, voltou a emergir. Surgiu muito próximo da baleeira de Stubb. Finalmente, percebendo estar sendo seguido, mudou seu comportamento. Arremessou-se para a frente, cabeça erguida cortando a água, a espuma espirrando nos flancos.

Aos berros, e mantendo constantemente aceso seu cachimbo, o segundo-oficial incentivava sua tripulação. Mais atrás, as outras baleeiras acompanhavam seu ritmo veloz, os remos bulindo ruidosa e violentamente a água. Já não havia motivo para silêncio.

– De pé, Tashtego! Atira o arpão, homem!...

A corda filou pela borda com incrível velocidade: o arremesso de Tashtego fora certeiro, o cachalote estava firmemente arpoado. A corda, cuidadosamente enrolada no fundo do barco, tinha o final amarrado na quilha da proa. Assim que, levada pela baleia, escapou toda para o mar, o escaler foi violentamente sacudido. Os homens agarraram-se aos bancos para não serem jogados fora da embarcação, que seguia a reboque do monstro em grande velocidade. Cambaleando, Stubb e Tashtego trocaram de posição – da proa para a popa – numa arriscada manobra em meio a tanta confusão. Aos poucos, as ondas levantadas pela quilha da proa diminuíram de tamanho: sinal claro de que a baleia, extenuada pelo esforço de arrastar atrás de si o pesado barco, diminuía a velocidade de cruzeiro.

– Força nos remos! Vamos... Mais força... Mais rápido, homens! ...

Dada a ordem, Stubb virou-se para enfrentar a baleia de frente. Os remadores fizeram a baleeira avançar com velocidade superior à do reboque, levando-a para junto do animal ferido.

Com a embarcação colada ao dorso do grande peixe, Stubb cravou-lhe no corpo a afiada lança. Nos momentos mais críticos, com o monstro agitando-se em convulsões violentas, o barco afastava-se alguns metros, para voltar a avançar em seguida, possibilitando novo golpe da lança de Stubb – que não se contentava em perfurar a grossa camada de gordura e carne; girava e remexia a lança nas entranhas da fera, procurando atingir ponto vital. Finalmente um grosso jorro de sangue escorreu pelo lombo escuro, tingindo o mar. O coração do cachalote, ferido de morte, rebentara. A baleeira afastou-se, evitando ser atingida pelos últimos e violentos movimentos, que anunciavam morte iminente...

6
Açougue marítimo

Tentando fugir, a baleia afastara-se, ficando a grande distância do *Pequod* antes de ser morta por Stubb. A calmaria ainda era total: nenhum vento que pudesse empurrar o navio para perto de nós. Vimo-nos obrigados a atrelar as baleeiras ao animal morto e rebocá-lo, à força dos remos. Anoiteceu. Na escuridão, continuamos a remar em direção das lanternas acesas e penduradas nos mastros do *Pequod*. Quando chegamos ao navio, o cachalote foi solidamente amarrado ao costado. Fortes correntes, presas à cabeça e à cauda, mantinham-no levemente suspenso. Na verdade, a grossa camada de gordura que o envolve faz com que permaneça à tona, depois de morto. Ainda assim, a maior parte do seu corpo volumoso – quase tão comprido quanto o navio – mantinha-se submersa.

Extenuados, procuramos nossas camas e redes, deixando para o dia seguinte o trabalho de esquartejamento.

Atraídos pelo cheiro de sangue, centenas de tubarões chegaram para refestelar-se, arrancando grandes nacos de gordura e carne da baleia morta. Este espetáculo é comum nos mares do Pacífico. Os andaimes de esquartejamento foram baixados quase ao nível da água. E os arpoadores, tirados do sono, escalados para dar cabo dos mais atrevidos. Andavam de um lado para o outro sobre o andaime, enterrando com destreza os arpões nas cabeças dos assassinos do mar. Só mesmo homens muito ousados para executar esta tarefa: não raro mergulhavam os pés na água, arriscando-se a ter a perna decepada por dentes ferozes; Queequeg, algumas vezes, chegou a afastar os mais afoitos com pontapés em seus focinhos.

Pela manhã, o *Pequod* foi transformado num enorme açougue. Starbuck e Stubb, suspensos nos andaimes, abriram um orifício no couro do cachalote, logo atrás da cabeça, perto das barbatanas. Nele foi preso um grande gancho, pendurado por cordas e roldanas fixadas no mastro maior do navio. Com enxadas, talhavam a pele e a gordura da baleia em tiras circulares. Descascavam a baleia como se descasca uma laranja. No convés, os homens forçavam a corda que corria pelas roldanas, multiplicando sua força, levantando no ar a casca de couro e gordura. No mar, o animal morto girava continuamente sobre si mesmo, pela força da tração. O navio adernava perigosamente. Mastros e madeirame estralavam e rangiam. Um dos arpoadores aproximava-se então e cortava o grande naco gorduroso que era depositado no convés.

O *Pequod* endireitava-se, abruptamente, para logo voltar a inclinar-se. A operação repetia-se, incessantemente, até que toda a baleia estivesse completamente descascada, deixando à mostra a carne vermelha. Apesar de ter mudado de cor, não se notava grande diferença de volume. O corpo, separado da cabeça e solto, afastou-se lentamente, seguido pelos tubarões famintos.

A gordura, cortada em pequenas pedaços, foi então fervida em grandes caldeirões, no convés do navio. O próprio óleo da baleia, queimado em fogões de argila especialmente construídos para esta finalidade, serviu de combustível. Liquefeito, o óleo estava pronto para ser acondicionado em barris e armazenado nos porões.

Dias depois, o piso – que se transformara numa pasta lisa, sangrenta e gordurosa – voltou a apresentar seu aspecto normal, limpo e lavado. Até que nova baleia fosse morta...

7
Superstição de Fedallah

Com a tripulação ocupada no esquartejamento do cachalote e na transformação da sua gordura em óleo, o *Pequod* permaneceu à deriva, entrando em outro campo de *brit*. Os vestígios indicavam que, breve, avistaríamos Baleias da Groenlândia. Para nossa surpresa, fomos avisados de que sairíamos no seu encalço. Não encontramos razões para justificar esta atitude de Ahab. Por diversas vezes, havíamos encontrado baleias comuns. E, mesmo não tendo caçado nada, ninguém pensou em persegui-las. Como justificar esta súbita mudança, especialmente se já tínhamos um cachalote morto e preso ao costado do navio?

Não foi preciso esperar muito: grandes jatos de água denunciavam a presença de Baleias da Groenlândia. As baleeiras de Stubb e Flask foram arriadas. A caçada, bem-sucedida, demorou pouco. A baleia arpoada duplamente arrastou atrás de si os dois barcos, vindo parar, extenuada, perto do *Pequod*. Stubb e Flask terminaram de matá-la sob a vista dos nossos olhos.

Apesar de ser desprezada pelos marinheiros, a Baleia da Groenlândia – quando morta – é tratada de modo igual ao cachalote. Stubb ficou ainda mais pasmo quando suspenderam, rente ao costado do navio, apenas a cabeça da baleia. O corpo foi deixado para trás, a vogar sem rumo.

– Por quê? – interrogava-se Stubb, também dirigindo a pergunta a Flask. – Está certo que o óleo desta baleia não é grande coisa... Mas o que é que tem a cabeça? Na do cachalote existe espermacete... Na desta baleia, nada!...

– Você pergunta: por quê? – Flask tinha a resposta. – Nunca ouviu dizer que o navio que leva uma cabeça de cachalote a estibordo e uma cabeça de baleia a bombordo não pode afundar?

– De onde arranjou esta história?

– Escutei Fedallah conversando com o capitão Ahab. E o sujeito parece entendido em bruxarias e sortilégios.

– Fedallah... – resmungou Stubb. – Não gosto do tipo. Parece querer se apoderar da vontade do capitão...

8
Queequeg salva Tashtego

Com as duas cabeças de baleia penduradas no costado, igual mula carregada de fardos, o *Pequod* seguia seu caminho, bordejando para aproveitar os ventos de lado.

A retirada do espermacete da cabeça do cachalote fora postergada para o dia seguinte, uma vez que metade da tripulação andara ocupada caçando a Baleia da Groenlândia.

O espermacete é uma substância cremosa, tomando aspecto sólido de gelatina depois de morto o cachalote. Só é encontrado na cabeça deste animal, permanecendo envolvido numa espécie de grande tonel. É perfumado, limpo e puro. E tem o mais alto valor comercial. Em média, o tonel de um cachalote contém quinhentos galões de espermacete.

Trepando sobre a cabeça do cachalote, Tashtego abriu um buraco no alto do cocuruto, com uma enxada afiada, até atingir o tonel contendo o espermacete. Equilibrando-se no couro escorregadio, introduzia um balde na abertura. Com a ajuda das roldanas presas nas traves do mastro, os marinheiros suspendiam a corda com o balde, depositando-o no convés.

Mais da metade do espermacete já havia sido retirado, quando um dos cabos que prendiam a cabeça rebentou. Desequilibrado, Tashtego caiu no orifício que abrira, borbulhando no óleo. O pavor tomou conta da tripulação. A cabeça pendeu de lado, dificultando a ajuda que Daggoo se esforçava por prestar ao companheiro, lançando-lhe uma corda pelo mesmo orifício. O segundo cabo, sozinho, não suportou o peso excessivo: rompeu-se também. A cabeça mergulhou no mar com ruído de trovões. Afundava lentamente, levando consigo Tashtego, sepultado vivo.

Os respingos de água provocados pela queda ainda não haviam se dissipado e já um corpo nu, segurando um sabre de abordagem nos dentes, se projetava ao mar do alto da mastreação. Queequeg mergulhava para socorrer o amigo.

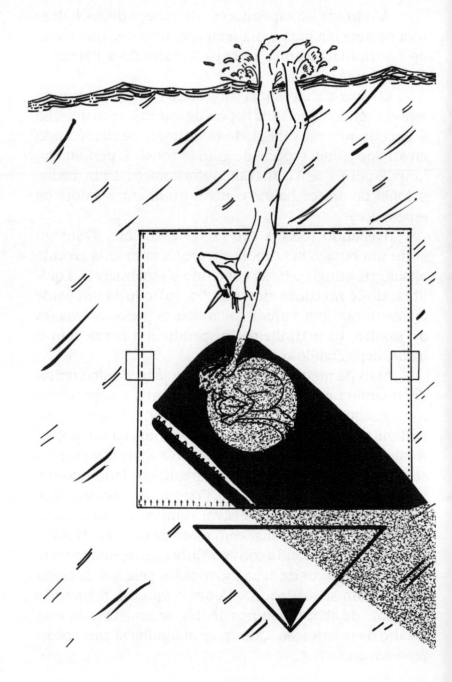

Os marujos precipitaram-se em penca para a borda, os olhos varrendo, ansiosos, a superfície líquida.

– Dois... São dois! ... – O grito de Daggoo era de alegria. O braço esticado apontava Queequeg bracejando e arrastando Tashtego seguro pelos cabelos.

Com o sabre afiado, mesmo submerso, Queequeg conseguira alargar a abertura na cabeça do cachalote, retirando o companheiro, que já se encontrava desfalecido.

A cabeça, que quase se transformara em mortalha, já apenas ossos e sem o óleo que a mantinha à tona, continuou seu caminho para o fundo do mar.

9
Cardume de cachalotes

Perseguido constantemente, em qualquer oceano e em qualquer tempo, o cachalote mudou seus costumes. Deixou de navegar solitário para agrupar-se em cardumes. Assim, pode-se navegar dias e até meses sem avistar um único esguicho indicador da sua presença, para depois encontrar vários num pequeno espaço de tempo.

Cruzamos o estreito de Sunda, que separa Sumatra de Java. Há muito tempo não avistávamos nenhum cachalote. E, de repente, dezenas deles brincavam à nossa frente.

Atentos em perseguir os cachalotes através do estreito, só percebemos que também éramos perseguidos no último instante, quase muito tarde. Saindo de ilhas próximas, pequenos – mas muitos – barcos malaios corriam rapidamente no nosso encalço.

– Para os mastros, depressa! – esbravejava Ahab. – Suspendam os baldes para molhar as velas!...

Com as velas empapadas, não deixando escapar a menor lufada de vento fresco, o *Pequod* colocou mais e mais distância entre nós e os selvagens malaios. No entanto, ao sair do estreito e penetrar novamente em mar aberto, constatamos que também as baleias tinham conseguido grande dianteira sobre nós. Só voltamos a alcançá-las no dia seguinte.

Não é todo dia que se encontram cachalotes. Por isto, quando se encontra um cardume, é preciso matar o maior número possível. Como não se pode matá-los todos ao mesmo tempo, os baleeiros americanos desenvolveram um método próprio de prendê-los: a "droga". Este engenho é confeccionado com tábuas, pregadas no topo em forma de "ele". Uma travessa, presa às pontas afastadas das tábuas, garante a estabilidade e a resistência do conjunto. Cada baleeira pode carregar três ou quatro "drogas". Arpoado o cachalote, joga-se o engenho no mar, amarrado firmemente à corda do arpão. Ferido e arrastando atrás de si a "droga", que oferece quase tanta resistência quanto uma baleeira, o monstro fica impossibilitado de fugir para longe. Desta forma, é possível voltar a persegui-lo mais tarde.

As quatro baleeiras do *Pequod* se fizeram ao mar, carregadas de arpões, cordas e "drogas". Rapidamente alcançaram o cardume de cachalotes e dedicaram-se a "drogar" tantos quantos fosse possível.

Fazíamos o mesmo na nossa baleeira. A primeira e a segunda "drogas" foram arremessadas com sucesso e vimos os monstros feridos fugirem lentamente, igual ao prisioneiro que tem seus movimentos tolhidos pela bola de ferro presa ao tornozelo. O mesmo não aconteceu com a terceira. No momento de jogá-la ao mar, prendeu-se debaixo do banco do escaler. E o cachalote arpoado levou-nos de arrasto diretamente para o meio do cardume. Por sorte, o arpão soltou-se do lombo da fera. Mas estávamos encurralados. À nossa volta, formando um círculo, misturavam-se corcovas, lombos, caudas. Com medo de enraivecê-los, e sem espaço para evitar um possível ataque, preferimos não usar os arpões para abrir caminho. As fêmeas e os filhotes aproximavam-se de nós como mansos vira-latas caseiros, fungando e roçando o dorso nas bordas do escaler. Starbuck e Queequeg afugentavam-nos, do jeito mais calmo possível, com tapas e leves pontapés nos focinhos. À medida que o tempo passava, crescia nossa preocupação e desespero. Tínhamos perfeita compreensão da nossa situação crítica, podendo ser esmagados de um momento para outro.

Rebuliço, pânico, agitação. Dois cachalotes arpoados e "drogados" pelas outras baleeiras, que ainda lhes davam caça, arremessaram-se contra o aglomerado, furando o bloqueio, para em seguida continuar em desabalada fuga. Momentaneamente ficamos entalados entre dois dorsos e receamos pelo pior. Mas o cardume inteiro empenhou-se em nadar velozmente para longe. Estávamos livres... e vivos!

Inútil continuar a perseguição. Dedicamos o resto do dia a procurar os cachalotes "drogados" e ainda a amarrar ao casco do *Pequod* um outro, morto por Flask.

10
Notícias de Moby Dick

Se a tripulação, ocupada em lotar os porões do *Pequod* com toneladas de óleo, parecia esquecida de Moby Dick, o mesmo não acontecia com o capitão Ahab. Ao avistar o *Samuel Enderby*, navio de bandeira inglesa, tratou de voltar ao assunto.

— Ei, vocês do *Enderby*! Viram a Baleia Branca? — berrou, ampliando a potência da voz com o auxílio do megafone.

Em resposta, o capitão do barco inglês agitou no ar um braço branco de osso de cachalote, a ponta em forma de bola.

Espicaçado pela aparição, Ahab apressou-se em lançar a baleeira ao mar para subir a bordo do *Samuel Enderby*. Esqueceu-se da boa educação, ignorou os cumprimentos, as perguntas atropelando-se na boca.

— Onde avistou a Baleia Branca? Há quanto tempo? Foi ela?... — A última pergunta foi completada com gesto apontando o braço postiço do outro comandante.

— A Baleia Branca... — O capitão inglês, como todo autêntico inglês, respondeu às perguntas calmamente, uma por vez. — Vi-a para aquelas bandas... — Apontou o braço de marfim para leste como se fosse uma luneta. — Foi na temporada passada, na estação da linha. E é ela a culpada por carregar este aleijão...

— Como é que foi? Conte-me! — A curiosidade de Ahab não se satisfazia sem conhecer todos os detalhes.

— Era a primeira vez que navegava na estação da linha. Nunca ouvira falar da Baleia Branca. Tinha arpoado um cachalote quando surgiu do fundo do mar uma baleia enorme, com a cabeça e a corcova brancas...

– Era ela! Era Moby Dick! – entusiasmou-se Ahab.

– Tinha arpões enterrados na nadadeira direita...

– Claro, eram os meus ferros! – A exaltação de Ahab crescia junto com a narrativa. – Mas continue...

– Bem... Ela jogou-se contra a corda que prendia o cachalote arpoado, prendendo-a nos dentes...

– Conheço este truque dela. É velho. Queria soltar o peixe preso.

– Não sei. O certo é que nos encontramos sobre sua corcova, enquanto o outro cachalote fugia. Apesar de parecer possessa, tomada por mil demônios, resolvi dar cabo dela. Agarrei o primeiro arpão que apareceu, enterrando-o em suas entranhas. Enraivecida, atacou a baleeira. Uma pancada com a cauda, apenas uma, foi o suficiente para rebentar o barco ao meio, fazendo-o em pedaços. Fui jogado ao mar. Para escapar dos seus dentes, agarrei-me ao cabo do arpão que lhe cravara momentos antes. Mas a Baleia Branca não é um animal normal. Parece ter inteligência maligna, demoníaca. Rolou-se no mar, jogou-se contra as ondas, mergulhou e emergiu, até que não pude mais segurar-me no arpão. Ao deslizar sobre seu lombo, a farpa de outro arpão apanhou-me na espátula, rasgando a carne até junto do pulso. Fui depois recolhido pelo navio, e o Dr. Bunger, nosso médico de bordo, foi obrigado a cortar fora o braço tomado pela gangrena e pelo pus. A história é esta...

– E não voltou a cruzar com ela?

– Duas vezes.

– Não pôde atacá-la?

– Não tentei. Um membro a menos é o suficiente... Para mim, chega de baleias brancas.

– Não se incomode. Ela será caçada por tudo isto... Eu o farei.

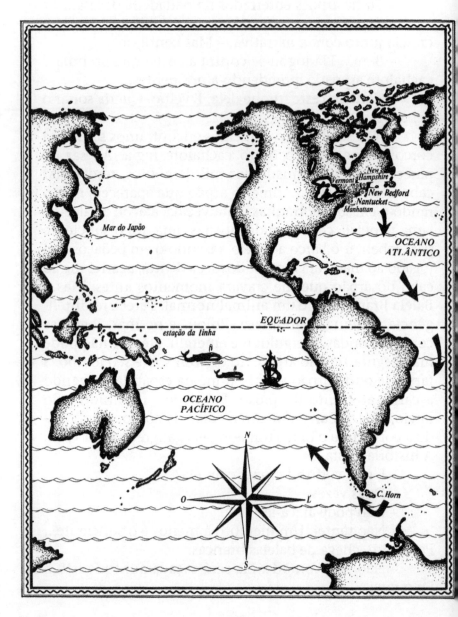

11
O esquife de Queequeg

Em seus mapas marítimos, o capitão Ahab conferia constantemente o percurso do *Pequod*. De acordo com um deles, o navio aproximava-se de Formosa e das ilhas Bashee para tomar um dos caminhos, entre elas, em direção ao Pacífico, deixando para trás as águas chinesas. Ao lado deste mapa, o capitão mantinha aberto outro, onde se viam as costas orientais das ilhas japonesas: Nipon, Matsumai, Shicoco...

Queequeg adoeceu. A febre queimou-o por diversos dias, deixando-o à beira da morte. Estranhamente, ele não se revoltou. Aceitou a doença e a morte próxima de modo natural e resignado. A carne desaparecia do seu corpo, os malares saltavam-lhe do rosto magro, ameaçando romper a fina pele. Mas seus olhos adquiriam brilho e doçura...

Só uma coisa o incomodava: não queria ser jogado ao mar numa simples mortalha de pano. Um guerreiro como ele precisava cumprir os rituais do seu povo, se quisesse chegar aos campos de caça onde se encontravam reunidos todos os seus antepassados. A tradição mandava que fosse deixado a vogar no mar, dentro de um pequeno barco de madeira, levando consigo água, alimento e a lança, na grande viagem. Como substituíra a lança, levaria o arpão.

O carpinteiro foi encarregado de providenciar o barco fúnebre de Queequeg. Pronto, o arpoador deixou a rede e instalou-se nele, à espera da morte. Ao seu lado, o arpão, bolachas, água e o pequeno deus de barro, Yojo.

Quando todos acreditavam que breve lançariam ao mar o barco de Queequeg, ele desistiu de morrer. Pediu para ser devolvido à sua rede. Lembrara-se de que ainda tinha algumas obrigações a cumprir nesta sua presente vida.

Sem tomar qualquer remédio, sarou em pouco tempo. Incrédulos, perguntaram-lhe se morrer ou viver dependia da própria vontade. Queequeg anuiu. Se um homem decide viver, explicou, uma simples doença não pode matá-lo: nada pode matá-lo, se ele não concordar, a não ser uma baleia, uma tempestade ou um flagelo dos deuses...

12

O arpão de Ahab

Perth, o ferreiro de bordo, alternava-se da forja para a bigorna, esquentando e malhando o ferro de uma lança. Ahab aproximou-se, a perna de osso produzindo um som cavo no convés do navio. Na mão, trazia uma sacola de couro. Perth não precisou virar-se para saber que o capitão parara às suas costas, silencioso. Inspecionou o trabalho do ferreiro, que endireitava um velho ferro de lança, eliminando rugas e dentes.

– Pelo que vejo, é capaz de endireitar qualquer coisa – resmungou Ahab.

– Sim, senhor – o ferreiro concordou, sem interromper o trabalho.

– Também quero um arpão, Perth. Mas um arpão sólido e afiado, o melhor de todos que você já fez ou viu. Olhe isto... – Ahab despejou sobre o banco de madeira o conteúdo da bolsa de couro. – São cravos de aço usados para ferrar cavalos de corrida.

– Bom aço... O senhor soube escolher o melhor, capitão.

– Sei disto. Vamos, forja-me o arpão. Não, deixa... Eu mesmo faço isto. Ajuda-me apenas com o fole.

Levados à forja, os cravos de aço tornaram a cor rubra de sangue. Neste estado, foram batidos na bigorna até se soldarem completamente, formando uma única peça. Em seguida, foi novamente levada ao fogo, para então tomar a forma de ferro de um arpão, faltando acrescentar-lhe apenas a ponta afiada e a farpa.

– Este arpão é para a Baleia Branca? – perguntou Perth, notando o especial cuidado com que Ahab inspecionava o resultado do seu trabalho.

– Para o demônio branco! Mas deixe de conversa. Vamos à farpa... este é o seu trabalho...

Ahab entregou ao ferreiro suas lâminas de barbear. Como relutasse em pegá-las, insistiu.

– São do melhor aço que existe... Não se preocupe, não vou mais precisar delas. Jurei não fazer a barba, nem comer, nem rezar, enquanto... Vamos ao trabalho...

Depressa as navalhas tomaram a forma de uma ponta aguçada de flecha, na extremidade do ferro. Perth estava pronto a dar-lhe uma boa têmpera, mergulhando-a na água, quando foi interrompido por Ahab.

– Não, não... Água não serve! Este arpão merece uma têmpera melhor: a da morte, sangue! Tashtego, Daggoo, Queequeg, venham cá... Estão prontos a dar seu sangue, para temperar o arpão que irá matar Moby Dick?

Com a concordância dos três arpoadores, cortou-lhes a carne, recolhendo de cada incisão pequena quantidade de sangue, para temperar a afiada ponta do arpão. O ferro quente chiou e esfumaçou quando recebeu o sangue derramado sobre ele.

13

O Pacífico

A sorte não trata do mesmo modo todos os seus filhos. Pode ser madrasta má para uns e mãe dadivosa para outros. Anteriormente, encontráramos dois navios que velejavam de braços dados com o azar: o *Jungfrau* e o *Botton-de-Rose*. Há meses no mar, não conseguiram óleo suficiente nem mesmo para acender as lamparinas à noite. O *Celibatário*, com quem cruzamos dias depois de Ahab haver forjado seu arpão, velejava cortejado pela sorte. Era de Nantucket e voltava para o porto com tanto óleo que até as malas e caixas de utensílios pessoais foram calafetadas para serem usadas como recipientes.

Inquirido, o capitão do *Celibatário* informou não ter visto a Baleia Branca, apenas ouvira falar dela.

Dizem os mais velhos que quem cruza com os favoritos da fortuna arrisca-se a pegar um pouco desta aragem. Verdade ou simples ditado, no dia posterior ao encontro com o *Celibatário*, vários cachalotes foram avistados. E quatro foram mortos, um deles por Ahab.

Deslizando ao longo das ilhas Bashee, velejávamos então pelo Pacífico, o grande oceano que eu sempre sonhara conhecer.

E a cada nova manhã, penetrávamos mais no coração da região de caça japonesa. Logo o *Pequod* encontrava-se inteiramente dedicado a caçar cachalotes por doze e até quinze horas diárias.

14
Profecias

No entardecer de um mesmo dia, foram mortas quatro baleias. As três mais próximas puderam ser rebocadas até o navio, antes do escurecer. A quarta, por estar a uma grande distância do *Pequod*, precisou ser deixada para o dia seguinte. Assim, a tripulação do escaler que a matou permaneceu a seu lado, guardando-a. O escaler era o de Ahab.

Com a chegada da noite, cansados, Ahab e a tripulação acabaram dormindo. Apenas Fedallah mantinha-se vigilante.

Ahab acordou sobressaltado. À sua frente, os olhos de Fedallah brilhavam no escuro.

– Voltei a sonhar – disse Ahab. – Com a morte... e com carruagens fúnebres...

– Já lhe disse, velho – profetizou Fedallah –, que não vai ter nem esquife, nem carro fúnebre...

– E que mais diz esta sua profecia? – zombou Ahab.

– Que, aconteça o que acontecer, caminharei sempre à sua frente, para servir de piloto... E que você me verá, momentos antes de morrer... E mais... Só o cânhamo pode matá-lo!...

– Cânhamo, diz você? Então não morrerei nunca. Quem vai me enforcar? Serei imortal, tanto na terra como no mar. Ainda não nasceu o homem capaz de me enforcar...

O riso de mofa acordou a tripulação. A manhã nascia. Os homens levantaram-se do fundo do escaler. Antes do meio-dia, a baleia chegou rebocada ao *Pequod*...

15
Uma boia fúnebre

As paragens tropicais, sem dúvida, são as mais bonitas e agradáveis. Eventualmente também sabem ser extremamente cruéis. Eu nunca vira tempestade tão violenta como aquela do Mar do Japão. Durante um dia e uma noite o céu pintou-se de preto fúnebre. O vento açoitou ininterruptamente o *Pequod*. Vagalhões enormes rebentavam no casco do navio e lambiam o convés de proa a popa, ameaçando jogar ao mar quem não estivesse amarrado ou encontrasse sólido ponto de apoio. As velas foram feitas em tiras molambentas, uma após outra. Vergas e mastros tombaram feridos de morte.

Passada a tempestade, o *Pequod* não era mais o mesmo. Foram necessários tempo longo e esforço de gigantes para deixá-lo novamente em bom estado. Ainda assim seria preciso substituir o mastro maior, que, mesmo com os reparos, não suportaria os castigos de novo vendaval.

Milagrosamente, o *Pequod* não sofrera nenhuma baixa em sua tripulação. A primeira morte de um colega nosso aconteceu dias depois, com tempo bom e mar calmo...

Não sei se o vigia subiu ao seu posto ainda sonolento. É possível: alguns marinheiros, quando destacados para o primeiro quarto do dia, saíam direto da rede para o trabalho. Também é possível que tenha falseado o pé. O certo é que caiu no mar do alto do mastro, afundando na água. Rapidamente, jogaram-lhe a boia: uma barrica de madeira com aros de ferro. Nenhuma mão emergiu da água para agarrá-la... O vigia encontrara sua sepultura no fundo do mar. Muito tempo exposta ao sol, a madeira da boia encolhera. Pelas frestas, a água penetrou na barrica e, ajudada pelo peso dos aros de ferro, levou-a também para as profundezas.

Procuraram por todos os meios substituir a boia perdida. Mas não encontraram a bordo do *Pequod* nenhuma barrica suficientemente leve e capaz de flutuar.

Com seu linguajar primitivo e ajudado por gestos, Queequeg sugeriu que se usasse seu barco-esquife como boia. Sentindo Stubb relutante, Flask procurou convencê-lo.

– Por que não? O carpinteiro pode muito bem providenciar as adaptações necessárias. Melhor ter um esquife como boia do que não ter boia...

Não foi difícil garantir ao barco de Queequeg a segurança necessária a um salva-vidas. Projetado não para navegar grandes distâncias, mas para levar meu amigo até sua última morada, era pequeno, de manejo e transporte fáceis. Confeccionado com tábuas, foi possível adaptar-lhe uma tampa do mesmo material. Com todas suas juntas cuidadosamente calafetadas com breu, tornou-se insubmergível.

E o esquife de Queequeg foi ocupar o lugar reservado para a boia salva-vidas, na popa do *Pequod*...

Quarta parte
Batalha de gigantes

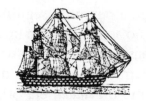

1
O *Raquel*, vítima de Moby Dick

O *Pequod* deslizava sobre a planura de água desenvolvendo boa velocidade, todas as velas engordadas pelo vento. Um grande navio fazia o caminho contrário, como se tivesse combinado com nosso barco convergirem para o mesmo ponto, provocando choque frontal. Bastou as velas dos dois barcos serem arriadas para diminuírem a velocidade gradativamente. Imobilizaram-se a uma pequena distância, suficientemente próximos para dispensar o uso de megafone na conversa entre os dois capitães.

– Encontraram a Baleia Branca? – gritou Ahab.

– Ontem – respondeu o capitão do *Raquel*. – E vocês, não viram uma baleeira à deriva?

Ahab pareceu haver escutado apenas a resposta do outro capitão e não a pergunta seguinte. Excitado, teria se jogado em direção ao *Raquel* para buscar mais informações se não percebesse que no outro navio arriavam uma baleeira, que logo atracou ao costado do *Pequod*.

O *Raquel*, como o *Pequod*, era originário de Nantucket. Mesmo reconhecendo seu companheiro de profissão, o capitão Ahab não lhe dispensou nenhum dos costumeiros cumprimentos.

– Onde encontraram a Baleia Branca? Conseguiram matá-la? O que é que aconteceu?

Pelo que pôde compreender da narrativa entrecortada do capitão Gardiner, três baleeiras davam caça a um cardume de cachalotes, na tarde do dia anterior. Afastavam-se rapidamente do navio, quando Moby Dick emergiu, não muito longe. A quarta baleeira foi arriada, saindo em sua perseguição. Parece que logo alcançou Moby Dick, conseguindo arpoá-la: o vigia disse ter visto o cachalote nadar muito rapidamente, levando atrás de si, de arrasto, a baleeira, em direção exatamente aposta à seguida pelos três outros barcos. Com a proximidade da noite, o *Raquel* fez o que todos os navios baleeiros fariam na mesma situação: recolheu primeiro os três barcos mais próximos, para depois sair à procura do outro. O escuro não permitiu mais localizá-lo. Mesmo assim, não se preocuparam demasiado. Acenderam as lanternas dos mastros, acreditando que as luzes indicariam o caminho de volta para os tripulantes da solitária baleeira. Pela manhã, ninguém havia regressado. O que era uma ocorrência até certo ponto normal na pesca da baleia, começou a preocupar o capitão Gardiner. Com o correr das horas, o dia avançando, a preocupação tornou-se desespero.

Nenhum marujo, por melhor que seja, merece tanta consideração de um capitão baleeiro. A explicação não demorou.

– O meu filho, o meu próprio filho está naquela baleeira... – A lamúria do capitão revelava um homem alquebrado. – Por favor, Ahab, junte seu navio ao meu para procurar meu filho. Juntos, poderemos varrer uma grande superfície. Eu lhe rogo. Até mesmo lhe proponho arrendar os serviços do *Pequod*. Peça o preço que quiser...

Ahab não se deixou envolver pela emoção do companheiro de profissão, nem mesmo quando soube que o filho do outro tinha menos de doze anos.

– Capitão Gardiner, não conte comigo para fazer o que me pede. Agora mesmo estou perdendo tempo. Adeus. Senhor Starbuck, daqui a três minutos peça a todos os estranhos que se retirem do *Pequod* e siga em frente.

Ahab retirou-se para seu camarote. Starbuck não precisou dar sequência às ordens do capitão do *Pequod*: por um momento, Gardiner deixou-se ficar parado, incrédulo e estupefato; para logo sair do torpor, descer o costado do navio e regressar ao *Raquel* na baleeira.

O *Pequod* seguiu pelo caminho em que o *Raquel* viera. Este, às nossas costas, ficou a zanzar, indo investigar a origem de cada pequeno ponto escuro na superfície do mar, esperançoso de encontrar a baleeira desaparecida ou qualquer vestígio que pudesse indicar sua presença próxima. Movimentava-se lenta e tristemente, como a chorar os filhos perdidos.

2
Desconfiança e agouros

Parecia que Ahab empurrara seu inimigo para o último recanto dos mares, encurralando-o irremediavelmente, para matá-lo mais facilmente. Também o contrário poderia ser verdadeiro: Moby Dick atraíra seu perseguidor para uma região selvagem e deserta, para então enfrentá-lo sem que pudesse receber qualquer ajuda ou socorro...

Os tripulantes do *Pequod* não manifestaram mais suas emoções. O humor desaparecera. Stubb esquecera os gracejos. Starbuck já não procurava impedir coisa alguma. O fatalismo havia tomado conta de todos os seres a bordo: o que tinha que acontecer, aconteceria – todos já tinham se dado conta do fato irreversível.

No entanto, passaram-se quatro dias do encontro com o *Raquel* sem que se avistasse Moby Dick ou qualquer outro cachalote. Ahab não manifestou suas desconfianças, mas deve ter acreditado que seus oficiais lhe escondiam os possíveis sinais indicadores da presença de Moby Dick, porque ao fim deste período improvisou um cesto e, instalando-se dentro dele, ordenou que o suspendessem ao alto do mastro. As cordas rangeram, rolaram nas roldanas especificamente fixadas para esta operação e o capitão, agora no posto de vigia, ficou a controlar não apenas a tripulação do convés, mas também a planície líquida à volta do *Pequod*.

– Serei eu próprio a avistar Moby Dick – vangloriou-se. – O capitão Ahab é quem vai ficar com o dobrão de ouro.

Passaram-se poucos minutos, muito poucos, desde que Ahab se instalara no seu cesto improvisado da gávea, quando ocorreu o episódio, interpretado por todos os marujos como mau agouro – naquelas circunstâncias, mesmo o olhar menos atento julgava ver em tudo um sinal maligno.

Um falcão marinho despencou das alturas, flechando sobre a cabeça do novo vigia. Um grito agudo – o mesmo que a ave de rapina usa para anunciar o ataque iminente e deixar paralisada de pavor sua presa – cortou o ar. No instante seguinte, o bico vermelho e recurvo arrancou o chapéu da cabeça do capitão. Sem possibilitar qualquer reação, o falcão negro pôs-se em fuga, carregando sua presa.

Dezenas de olhos acompanharam o voo do pássaro e viram, ao longe, um pequeno ponto escuro cair da altura para afundar no mar. Era o chapéu do capitão.

3
Morte a bordo do *Delícia*

A quilha do *Pequod* continuou a abrir caminho, cortando as ondas e os dias. Na popa, a boia-esquife balançava, acompanhando o jogar calmo do mar.

Outro navio cruzou o traçado imaginário seguido pelo *Pequod*. No seu convés, os restos do que fora uma baleeira agora lembravam uma ossada descarnada.

– Encontraram a Baleia Branca?

– Basta olhar para isto – respondeu o outro capitão, cujo navio ironicamente tinha sido batizado com o nome de *Delícia*, apontando para os restos da baleeira.

– E a mataram?

– Ainda não foi forjado o arpão para matar Moby Dick.

– Não foi? Olhe isto, homem! – Ahab brandiu sobre a cabeça o ferro forjado por Perth. – Nestas mãos eu tenho a morte da Baleia Branca. Este arpão foi temperado pelo sangue e pelos raios. E vou temperá-lo uma terceira vez, mergulhando-o nas entranhas quentes de Moby Dick.

– Deus que o defenda, velho! Está vendo isto? Pois é apenas um dos homens que posso amortalhar. Outros quatro morreram, só que foram engolidos pelo mar sem que pudesse encomendar suas almas. Vocês estão navegando sobre suas próprias sepulturas.

O capitão do *Delícia* desistiu de argumentar. Percebendo que o cerimonial fúnebre a bordo do *Delícia* caminhava para o momento mais pungente, Ahab ordenou que o *Pequod* seguisse seu rumo. Mas o movimento não foi suficientemente rápido: além de ouvirmos o som provocado pelo cadáver caindo ao mar, respingos fúnebres salpicaram o casco do *Pequod*.

4
Amor, ternura, conflitos íntimos

O dia era claro. O céu, suavemente puro, ostentava um ar feminino. O mar, ao contrário, assumia atitudes de macho robusto, ainda que sereno. Na verdade, as diferenças que pareciam separar mar e céu não passavam de matizes: os dois misturavam-se na linha do horizonte, onde o sol vermelho era mais que um elo de ligação.

Na claridade da manhã, Ahab atravessou o convés. Debruçou-se sobre a amurada e ficou a olhar sua sombra, que dançava suavemente sobre a água. Todo o encanto e ternura do momento pareciam ter extinguido, por alguns instantes, o fogo que lhe corroía a alma.

Uma lágrima caiu no mar. Pequena e única. Por isto mesmo, muito especial.

Starbuck viu o velho. Na sua simplicidade, tinha o coração sempre aberto para a compreensão. Uma compreensão sem espanto, até para as coisas mais imprevistas, como se acreditasse que a obstinação e a teimosia terminassem, um dia, por transformar-se em amor.

Tomando cuidado para não perturbar o capitão, nem ser notado, aproximou-se silenciosamente. Sabia que, nestas horas, a alma de todo homem espera que alguém escute e procure entender seus lamentos.

E o imediato estava ao lado do seu capitão, quando este finalmente resolveu revelar os sentimentos e as emoções mais íntimos, guardados solitariamente por anos e anos.

– Starbuck!
– Senhor...
– Ah... Starbuck, como o vento e o céu são doces. Foi num dia assim, bonito e calmo como hoje, que matei minha primeira baleia. E isto foi há mais de quarenta anos. Tinha apenas dezoito anos e já era um arpoador! Quarenta anos... Quarenta anos de perseguição incessante às baleias em todos os mares do mundo. Quarenta anos de privações, de perigos, de tempestades! É, Starbuck... E nestes quarenta anos, não passei nem três deles em terra firme. Quando penso na vida que levei, na solidão que me acompanhou dia e noite... Para quê? Nunca me senti tão espoliado como agora. Em terra, até o homem mais pobre tem frutas frescas e pão quente ao alcance da mão, todos os dias. Durante anos, só sobrevivi com alimentos secos e salgados!... Bom símbolo da minha alma, também amarga e dura. E dizer que oceanos inteiros se colocam entre mim e a jovem mulher que espera em Nantucket. Uma mulher que desposei quando já passava da casa dos cinquenta e deixei sozinha, ainda na lua de mel, para largar-me pelo mundo das águas... Mulher... Antes uma viúva de marido vivo. E esta pobre rapariga, Starbuck, além de jovem, é bonita, meiga, suave. E tem um filho meu. Que também me espera, mesmo conhecendo tão pouco o pai. Que raio de homem sou eu, Starbuck? Quarenta anos de loucura. E o que consegui, além de estar cansado, esgotado, doente? Será que fiquei mais

rico ou melhor que antes? E que dizer do fardo que virou minha vida, depois de ter a perna arrancada? Diga, Starbuck, estou assim mesmo tão velho? Porque me sinto horrivelmente cansado, fraco... É bom olhar seus olhos, Starbuck. São humanos e bons. Melhor que contemplar o mar ou o céu. São lunetas mágicas, homem. E refletem a imagem da minha mulher, do meu filho... Escuta: sou um homem marcado pelo destino, mas quando sair para caçar Moby Dick, não quero que vá comigo. Fique a bordo, esse perigo não deve ser seu!

– Capitão... meu capitão... Bom velho, apesar de tudo... Pode alguém estar assim tão obrigado a caçar esta baleia maldita? Vamos embora destas águas traiçoeiras, voltemos para casa. Também eu, apesar de jovem, tenho mulher e filho. Vai ser muito bom voltar para a velha Nantucket. E acredito que também lá, senhor, há dias tão bonitos e doces como este de hoje.

– Decerto que há... As manhãs de verão são agradáveis... E mais ou menos a esta hora, meu pequeno filho acorda e a mãe fala-lhe de mim, deste velho selvagem. Diz-lhe que me fiz ao mar, mas que logo voltarei para brincar com ele.

– Como a minha Mary, que prometeu mandar o meu pequeno, todas as manhãs, para a colina para ser o primeiro a ver de volta ao porto o navio do pai! Voltemos para Nantucket! Vamos, meu capitão, venha estudar a rota que nos levará de volta para casa...

O olhar de Ahab desviou-se do rosto de Starbuck. O velho tremia como uma árvore seca que deixa cair seu último fruto.

– Pelos céus, homem, somos todos esmagados, e sempre mais esmagados, neste mundo. A todo instante a força do destino nos empurra, até para lugares e atos que não

desejamos, como uma poderosa alavanca! O que ousei, o que desejei, consegui realizar! Pensam que sou louco. Mas sou demoníaco, sou a loucura enlouquecida! Se não fosse assim, como explicar o que me leva a fazer coisas que meu próprio coração nem sequer se atreve a conceber? Que força é esta que me prende os braços e encaminha minha vontade para uma só direção? Ninguém é dono de si neste mundo, Starbuck. Olhe o sol: nem ele se move por vontade própria. Que instinto é este que leva as aves a voarem milhas mar adentro para caçar os mesmos peixes que poderiam agarrar próximos à costa? Starbuck!...

Mas o imediato não se encontrava mais ao lado do capitão. Desesperado com o fatalismo de Ahab, e com o coração esmagado pela dor, tinha ido embora.

Ahab atravessou o convés, indo apoiar-se na amurada do outro lado do *Pequod*. Estremeceu ao ver refletidos na água os olhos de Fedallah, que pareciam não apenas vigiá-lo, mas também garantir que o destino fosse cumprido. Imóvel, Fedallah encontrava-se debruçado sobre a mesma amurada, como uma sombra a tomar conta da vontade de Ahab.

5

O encontro – Primeiro dia

Na mesma noite, no quarto dia de vigia na madrugada, quando Ahab foi postar-se à proa, no lugar onde se encontrava o buraco para fixar a ponta da perna de marfim, pressentiu novidades. Sorveu o ar marinho como um cão de caça dotado de bom faro. Ninguém se espantou, quando declarou haver um cachalote nas proximidades. Nem mesmo ao alterar a rota, depois de consultar a bússola. Os marinheiros sabem que os experientes homens do mar são capazes de adivinhar a presença de cachalotes pelo cheiro, especialmente nas horas silenciosas da madrugada, quando até o ar se torna mais denso.

A madrugada deu lugar à claridade da manhã. Ahab percorria o convés, a perna de marfim ecoando ritmicamente na madeira do assoalho, tenso e ansioso.

– O que é que estão a olhar? – gritou o capitão para os homens de vigia.

– Nada, senhor! Nada...

– Suspendam-me para o alto. Vamos, icem meu cesto! – ordenou.

Ainda não chegara ao alto do mastro e já anunciava:

– Lá está ela soprando! Tem uma bossa branca como colina de neve! É Moby Dick!

Todos os homens da tripulação que não se encontravam em postos de vigia encarapitados no alto dos mastros, precipitaram-se para a amurada para ver a famosa baleia que perseguiam há tanto tempo.

– E nenhum de vocês a viu antes? – perguntou Ahab aos homens encarregados de assinalar sua presença do alto dos mastros.

– Eu a vi quase ao mesmo tempo que o senhor – respondeu Tashtego.

– Não foi ao mesmo tempo. Nenhum de vocês conseguiu avistá-la antes de mim. A sorte me reservou o dobrão de ouro... – Voltou a dirigir seus gritos para o resto da tripulação, os olhos novamente varrendo a superfície do mar. – Lá está ela outra vez. Voltou a soprar! Vai mergulhar... Depressa, desçam-me daqui. Preparem três barcos. Starbuck, lembre-se, você vai ficar a bordo e comandar o navio. Desçam-me, depressa... Mais depressa!

Rapidamente, três embarcações foram lançadas ao mar. Ahab comandava a primeira, que avançava à frente das demais. Stubb e Flask estavam ao leme das duas outras.

À medida que ganhavam terreno sobre a baleia, o mar tornava-se mais sereno. Já muito próximos do monstro, puderam ver no seu dorso a haste partida de uma lança. Moby Dick avançava sempre, embora sua velocidade fosse menor que a dos barcos. Com seu focinho abria a água, formando dois grandes riscos, que se abriam como compridos bigodes líquidos. A hediondez da mandíbula retorcida e o corpo monstruoso mantinham-se submersos, ocultos. Como uma advertência aos seus perseguidores, revelou-lhes toda a extensão do seu tamanho: ao mergulhar, seu corpo transformou-se num arco, a cauda agitou-se muito acima da superfície, antes de desaparecer no fundo das águas.

Com os remos suspensos, os homens das baleeiras aguardavam. Sabiam que Moby Dick logo voltaria à superfície para respirar.

Um bando de garças-reais, que voavam em fila indiana, buscando a terra que os olhos humanos não adivinhavam, repentinamente mudou de rota. Ficou a voejar, em círculos, sobre o barco de Ahab. Seus pequenos olhos, mais cortantes que os humanos, viam uma grande massa emergir do fundo do mar. Num instante, Ahab pressentiu a tragédia que estava por acontecer. Com o remo do leme, mudou a baleeira bruscamente de lugar. No momento seguinte, viu o mar abrir-se violentamente, no lugar exato onde estivera a embarcação. A água respingou para o alto e para os lados: Moby Dick encontrava-se bem em frente a Ahab, que já havia trocado de lugar com Fedallah, ocupando a proa do barco.

Mas Moby Dick, mesmo vendo frustrada sua primeira manobra, não deu ao capitão a menor chance de lançar-lhe o arpão afiado de Perth. Com a inteligência maligna que lhe era atribuída, voltou a afundar num piscar de olhos. Mudou de lugar, deixando a grande cabeça novamente debaixo da baleeira. As pranchas e o cavername de madeira vibraram, estremeceram e rangeram, enquanto ela agarrava a proa do escaler com a boca. Como um gato que brinca com sua presa, balançou lentamente o barco de um lugar para outro. Cruelmente.

Sem a menor surpresa nos olhos, Fedallah fixava-os na baleia. Os outros tripulantes, tornados ainda mais amarelos pelo medo, despencaram-se atrapalhadamente para a popa do barco, fugindo da proximidade da boca de Moby Dick.

As tábuas e cavernas do barco desconjuntavam-se. A Baleia Branca continuava a divertir-se diabolicamente, sem poder ser arpoada, já que mantinha o corpo sempre submerso.

As duas outras baleeiras conservavam-se afastadas, temendo que sua aproximação pudesse apressar o trágico desfecho.

Na proa da embarcação, Ahab – irritado por se encontrar tão próximo do seu inimigo e ao mesmo tempo tão impotente – tentava, por todos os modos, desprender o barco da boca do monstro. Feriu-lhe o couro com a ponta da lança, desferiu-lhe golpes na mandíbula com um pedaço de madeira arrebentado do barco. Só conseguiu irritar a baleia, que, cerrando os dentes, partiu a embarcação ao meio. Remos, arpões e homens, inclusive o capitão, foram jogados ao mar.

Abandonando a presa, deixou-se ficar imóvel, como a planejar novos tormentos. Ahab, estropiado, conseguia apenas manter-se à tona. Prolongando o suplício dos náufragos, passou a nadar em círculos ao seu redor. A cada nova volta, estreitava mais e mais o contorno da linha imaginária, apertando os sobreviventes no ponto central, passando a poucos centímetros dos seus corpos, muitas vezes raspando neles o couro enrugado.

Do *Pequod*, Starbuck acompanhava o desenrolar do angustiante espetáculo. Adivinhou o receio das outras duas embarcações e compreendeu que o menor sinal de ataque determinaria imediatamente o fim dos tripulantes do barco destroçado de Ahab. Enfunando todas as velas, direcionou o navio para o cenário da luta. Rompendo o círculo mágico, separou a baleia das suas vítimas. O monstro afastou-se, furioso, e as outras baleeiras puderam vir em socorro dos náufragos.

Embarcado, Ahab preocupou-se primeiro com o instrumento que confeccionara para dar fim ao seu inimigo e que esperava ainda utilizar.

– O arpão... Onde está o arpão forjado por Perth?

– Aqui, senhor. Foi salvo – respondeu Stubb.

– Rápido, coloque-o aqui na minha frente... Faltam homens?

– Não, senhor. Estão todos salvos.

Os homens recolhidos do mar aumentaram a tripulação das baleeiras restantes. Ainda assim, mesmo com a força dos remos reforçada por novos braços e desenvolvendo maior velocidade, foi impossível voltar a alcançar Moby Dick.

O *Pequod* recolheu, então, tanto as baleeiras intatas como os restos da outra. E o navio navegou o resto do dia no encalço de Moby Dick, sem conseguir aproximar-se.

Ao entardecer, Ahab reuniu os tripulantes no convés.

– Aqui ainda está o dobrão de ouro. É meu. Hoje, eu fiz por merecê-lo. Mas vai continuar aqui, pregado no mastro. E o darei a quem avistar Moby Dick, no dia da sua morte. E se, neste dia, for eu a avistar a Baleia Branca, darei a cada um de vocês dez vezes o valor deste dobrão.

Deixou os homens e encaminhou-se para o que sobrara do seu barco: apenas pedaços, reunidos na popa do convés. Stubb aproximou-se. Talvez querendo demonstrar que sua coragem não fora afetada pelos insucessos do dia, riu dos destroços.

– Quem é que pode rir diante das ruínas, homem? – repreendeu-o Ahab. – Se não soubesse da sua coragem, seria capaz de imaginar que você não passa de um fanfarrão. Diante de destroços não se devem ouvir nem gemidos nem risos...

Mesmo com o escuro, os vigias continuavam no alto dos mastros.

– Já não se pode ver mais nada, senhor.

– Muito bem... Para que lado viram Moby Dick pela última vez? – perguntou o capitão.

– À nossa frente. Na direção em que sopra o vento

– É noite e ela deve estar a navegar mais devagar. Arriem as velas menores e sigam o mesmo rumo. Não devemos ultrapassá-la, se quisermos encontrá-la pela manhã. Starbuck, cuide para que sempre haja um homem de vigia. E redobre a atenção nas primeiras horas da manhã.

Ahab retirou-se para seu camarote. O *Pequod*, no escuro, continuava a perseguir Moby Dick.

6
O encontro – Segundo dia

Pela madrugada, três vigias foram destacados para o alto dos mastros.
Dando algum tempo para que a claridade aumentasse um pouco, Ahab gritou:
– Já a avistaram?
– Ainda não se vê nada, senhor.
– Todos os homens ao convés – ordenou o capitão.
– Ela nada mais depressa do que eu pensava. Icem todas as velas, também as pequenas.
Perseguir uma baleia dia e noite, mesmo sem enxergá-la, não é novidade nos mares do sul. Os melhores capitães são capazes de calcular sua rota e a velocidade desenvolvida, com bastante acerto, pela simples observação do seu comportamento na última vez que a viram, antes de escurecer.
O *Pequod* agora deslizava rapidamente sobre a água.
Um grito e todos os tripulantes correram para a amurada.
– Ela está soprando... bem à nossa frente!
O tempo fluiu denso, lentamente. Ainda assim, Ahab não perdera o sentido do real.
– Por que é que não voltam a dar o alerta, se estão a vê-la? Icem-me lá em cima, homens! Estão enganados: esta baleia não é Moby Dick. Ela não lança um jato de água tão isolado para desaparecer em seguida.
Ahab tinha razão. Mal seu cesto chegara ao alto da gávea, a Baleia Branca surgiu, bastante próxima ao navio,

em direção diferente da que estava sendo assinalada pelos vigias.

Lá estava Moby Dick e todos a viram. Majestosa, imponente, descomunal, saltou fora da água, descrevendo meio círculo no ar para voltar a mergulhar, o mar rebentando à sua volta.

– Baleeiras ao mar! – comandou Ahab. – Todos os homens para baixo! Que fique só um homem de vigia. Os outros espalhem-se pelos barcos, quero as tripulações reforçadas.

Antes de chegar à sua embarcação, uma baleeira de reserva aparelhada na véspera, dirigiu-se a seu imediato:

– Senhor Starbuck, entrego-lhe o navio. Não se aproxime muito, mas fique razoavelmente perto para uma possível ajuda...

Moby Dick não esperou ser perseguida. Como se quisesse aumentar o terror entre os marujos, voltou-se e atacou.

Com a boca escancarada, deixando ver a queixada retorcida, a cauda fustigando violentamente a água, precipitou-se para o meio dos barcos. Pouco se importou com os arpões que, atirados pelos arpoadores, se enterravam em seu couro. Continuou a atacar, provocando medonha confusão por todos os lados. Com rápidos golpes dos remos, as baleeiras procuravam safar-se dos sucessivos ataques.

Com tantas voltas, rodopios, avanços e recuos era inevitável que as cordas dos arpões acabassem por se emaranhar. A cada movimento da baleia, os barcos chocavam-se uns contra os outros, presos pelos cabos. Sacando uma grande faca da baleeira, Ahab pôs-se a golpear as cordas que se enroscavam por todos os lados, tentando safar-se. No momento em que o conseguiu, a baleia cabriolou no meio das outras linhas emaranhadas, puxando contra a cauda, sem possibilidade de resistência, as baleeiras de Stubb e Flask. Com um único golpe, destroçou-as. E mergulhou, provocando um forte redemoinho.

Os homens de Stubb e Flask procuravam resistir à força de sucção da água, agarrando-se a remos, cabos de arpões, pedaços do barco. Mas a Baleia Branca não dera por terminada sua luta. Emergiu do fundo, violentamente, colocando a grande cabeça exatamente embaixo do barco de Ahab, que foi jogado para cima, rodopiou diversas vezes no ar e caiu emborcado.

Por fim, convencida de que, temporariamente, sua tarefa estava terminada, olhou uma última vez para o cenário da luta, virou as costas aos náufragos e afastou-se, arrastando atrás de si as linhas emaranhadas.

Igual acontecera no dia anterior, o *Pequod* aproximou-se para recolher os sobreviventes. Quando ajudaram Ahab a subir para o convés, todos os olhos dirigiram-se para ele. Porque, em vez de se manter de pé, vinha recostando-se no ombro de Starbuck. A perna de marfim fora arrancada durante a luta, sobrando pouco mais que um pequeno toco.

O velho não se deixou abater.

– Apesar de ter um osso partido, continuo inteiro – resmungou, antes de tomar as providências. – Para que lado nada a baleia?

– Sempre à nossa frente. A favor do vento.

– Então, aproar ao vento! E tirem do porão os barcos de reserva. É preciso aparelhá-los e equipá-los. Amanhã cedo teremos mais trabalho...

Feita a contagem dos sobreviventes, vieram contar ao capitão que Fedallah não fora encontrado.

– Não pode ser... Procurem-no de novo.

Mas logo a tripulação voltou com a notícia de que Fedallah não se encontrava em lugar nenhum.

– Senhor – lembrou-se Stubb –, ele foi colhido pela sua própria linha. Eu o vi ser arrastado para fora do barco.

– A minha linha... Ele foi colhido pela minha linha. Lembro-me bem de ter cravado no couro de Moby Dick o arpão forjado por Perth. Foi esta mão que o lançou. Ela está ferrada. Darei dez voltas ao mundo, se for preciso, mas hei de matá-la!...

Starbuck tentou, ainda uma vez, fazer seu capitão raciocinar pelo bom senso.

– Deus de misericórdia! Acorda, homem! Por um momento, pensa... Você não vai apanhá-la, velho. E para quê?! Dois dias de caça, duas vezes reduzido a migalhas, a perna arrancada... será preciso mais? Devemos perseguir esta baleia assassina até ela ter morto o último tripulante?

– Starbuck, você bem sabe que lhe tenho uma estima toda especial. Já li boas coisas em seus olhos. Mas, quando se trata de Moby Dick, eles nada me dizem, porque todas as coisas estão previamente escritas e definidas.

Ao anoitecer, a baleia continuava sendo avistada à frente do *Pequod*, sempre nadando a favor do vento.

O velame foi diminuído e esta noite pareceu repetir a anterior. Mas os ruídos e as luzes das lanternas no convés denunciavam a diferença. Os tripulantes trabalhavam afoitamente, equipando as baleeiras de reserva. O ferreiro forjava novos arpões e novas lanças. Durante este tempo, o carpinteiro fez outra perna para Ahab com a quilha partida de uma embarcação destroçada.

7
O encontro – Terceiro dia

O sol, no terceiro dia da caça, surgiu no céu inteiramente azul, anunciando uma manhã clara e fresca. O solitário vigia da noite foi rendido por uma multidão de marinheiros que se encarapitavam por todos os mastros e quase todas as vergas, como um enxame de moscas.

– Já avistaram a Baleia Branca?

A pergunta de Ahab ficou sem resposta. Seu inimigo ainda não estava à vista.

Ao meio-dia, os vigias continuavam a vasculhar, inutilmente, o mar à volta do *Pequod*.

– Sim... deve estar acontecendo o que penso – deduziu o capitão. – Já lhe passei à frente. Mas como posso ter ganho a dianteira? Sim... Agora é Moby Dick que me persegue. E isto é mau. Mas devia ter suspeitado: as linhas e os arpões que arrasta travam sua marcha. – Trocou as palavras sussurradas por gritos de ordem: – Voltar! Voltar! Desçam todos, menos os vigias regulares. Girem a roda do leme.

O *Pequod* descreveu uma grande curva, passou sobre sua própria esteira e, bordejando contra o vento, retornou pelo caminho que até então percorrera.

Ahab, mais uma vez, fez-se içar ao cesto da gávea. Uma hora depois, avistou seu inimigo. Deu o grito de alerta. Mas a distância ainda era muito grande para arriar as baleeiras. Deixou-se ficar no alto do mastro, remoendo os pensamentos.

– Volto a enfrentá-la pela terceira vez, Moby Dick. Já estou velho e cansado. Velho como este mastro. Mas nossos corpos ainda permanecem rijos, não é verdade, velho navio? Falta-me uma perna, mais nada. Por outro lado, os navios não são feitos de árvores mortas? E no entanto, resistem mais que a vida de muitos homens. O que Fedallah disse mesmo sobre minha morte? Que partiria sempre à minha frente... E que eu devia tornar a vê--lo... Mas como? Onde? Será que meus olhos podem ver o fundo do mar? Ainda assim, durante toda a noite afastei--me dele, qualquer que seja o lugar da sua sepultura. Você acreditou dizer a verdade, Fedallah... mas se enganou. Como se enganou também ao dizer que morreria na ponta de uma corda... Hoje de noite, Moby Dick estará amarrada ao costado do *Pequod*, morta.

Deu ordens para que o descessem e arriassem as baleeiras. Antes de embarcar na sua, despediu-se de Starbuck.

– Pela terceira vez lhe entrego meu navio...

– Sim, senhor...

– E há navios que deixam o porto para nunca mais voltar, Starbuck.

– É verdade, senhor. E é muito triste.

– Há homens que morrem na vazante, outros na maré alta. Sinto-me como se fosse uma grande onda, com a crista a ponto de cair, Starbuck. Estou velho... Vamos, dê-me um aperto de mão, homem.

As mãos dos dois homens tão diferentes juntaram--se, enquanto os olhos se cruzaram. Nos olhos de Starbuck, lágrimas...

– Meu capitão, não vá... Olhe, é um homem valente que chora, pedindo-lhe que fique. É preciso dor maior para convencê-lo?

– Embarcações ao mar! – gritou Ahab, desviando os olhos do imediato e repelindo seu braço. – Starbuck, fique com o resto da tripulação.

Mal se afastava do navio, a baleeira do capitão foi rodeada por tubarões. Era a primeira vez que apareciam, como mau presságio, desde que começara a caça à Baleia Branca.

Os barcos pouco tinham se afastado do navio e já um vigia, com um sinal do braço apontado para baixo, avisava que a baleia havia imergido.

Os homens pararam, remos suspensos. As ondas, que os cercavam, começaram a engrossar lentamente, em grandes círculos. Um estrondo seco, um burburinho submarino, e a enorme massa de carne, gordura e couro enrugado surgiu no ar – enleada em cordas, arpões e lanças –, pareceu flutuar um instante, para cair pesadamente no abismo.

– Avançar por todos os lados! – gritou Ahab.

E as baleeiras arremessaram-se ao ataque. Enraivecida pela dor provocada pelos ferros que lhe corroíam o corpo desde a véspera, Moby Dick parecia possuída por mil demônios. Jogou-se contra os barcos. A cauda varreu violentamente a superfície da água, destroçando o que estava ao seu alcance. Espalhou para longe os arpões e lanças de Stubb e Flask, rebentando ao meio as embarcações. Milagrosamente, deixou intata a baleeira de Ahab.

Moby Dick voltou-se sobre o próprio corpo, apresentando aos olhos de todos a extensão do flanco. Um grito uníssono, de pavor e medo, rebentou das gargantas dos náufragos e dos que ainda se conservavam embarcados. O lombo da Baleia Branca estava cravado de ferros de arpões. As muitas cordas que o monstro arrebentara nos últimos dias de luta envolviam e rodeavam seu corpo, formando um grande emaranhado, como gigantesca teia de aranha. Preso pelos ferros e pelas cordas contra o dorso de Moby Dick, viu-se o cadáver de Fedallah. Dilacerado, a veste negra reduzida a farrapos. Os olhos, saltando das órbitas, miravam Ahab.

As mãos do capitão deixaram cair o arpão.

– Você me pegou, Fedallah! – balbuciou. – Disse que voltaria a vê-lo e que iria à minha frente, quando chegasse minha hora...

Recuperou-se do torpor para gritar com seus tripulantes:

– Parados aí, homens! Prego com o arpão o primeiro que tentar saltar do barco, porque ainda não terminei o trabalho, nem terminei meus dias. Fedallah também não disse que eu morreria na ponta de uma corda? Pois estou a caçar Moby Dick e não sendo julgado ou enforcado...

A baleia nadava tranquilamente para frente, ultrapassando o navio. Ahab seguiu-a. Ao passar pelo *Pequod*, viu as baleeiras destroçadas sendo recolhidas. Tashtego, Queequeg e Daggoo, embarcados junto com os demais sobreviventes, subiam para os três postos de vigia, no alto dos mastros. Ouviu barulho de martelos: eram os marujos que se apressavam em consertar os barcos. Estava muito próximo, a ponto de ouvir também o pedido de Starbuck.

– Capitão, não é tarde demais para desistir. Olhe, não é Moby Dick que o procura. Ela até se afasta. É você que a persegue desvairadamente...

Mas Ahab passou pelo *Pequod*, sem dar atenção às palavras do imediato. A Baleia Branca nadava mais devagar. Talvez porque estivesse esgotada pela fuga constante de três dias seguidos, talvez porque os arpões e as cordas que transportava no lombo a impedissem de nadar mais depressa, ou talvez por astúcia... Por qualquer das razões, o barco aproximou-se dela mais uma vez, rapidamente.

— Senhor, os tubarões estão a morder os remos — avisou, angustiado, um dos marujos amarelos do capitão.

— Deixe estar... A cada mordida, os remos ficam mais afiados.

— Mas também ficam menores...

— Não se incomode. Vão durar o tempo suficiente... Deixem-me passar para a proa.

A embarcação já se encontrava ao lado da baleia. De pé, na proa do barco, Ahab arremessou-lhe mais um arpão, com toda força e raiva possível. Moby Dick torceu-se de lado, rolou sobre o flanco. A cauda chicoteou a baleeira. A madeira do cavername e as tábuas da borda rangeram, mas conseguiram resistir. Com o impacto, três homens foram jogados ao mar: dois remadores e o encarregado do leme. Dois homens conseguiram regressar para dentro do barco. O terceiro, atirado mais longe, ficou abandonado para trás, mantendo-se, no entanto, à tona. Na mesma fração de segundo, a baleia arrancou em velocidade. A corda, que prendia o arpão ao barco, não resistiu, estourando com grande ruído.

O *Pequod* aproximava-se lentamente do campo de batalha. E Moby Dick viu a massa negra do navio. Possivelmente adivinhou nele a fonte de todas as suas perseguições e considerou-o um inimigo maior e mais nobre Arremessou-se contra sua proa.

— A baleia! O navio! Cuidado! — gritaram os remadores.

Starbuck, no comando do *Pequod*, também viu Moby Dick vindo em sua direção. Mas nada pôde fazer, a não ser praguejar e rezar... Tentou ainda, inutilmente, girar a roda do leme, mudando a rota do navio.

Na proa do navio, quase todos os marujos estavam parados, imobilizados. Nas mãos, suspensos no ar, na posição em que os tinham ao abandonarem os trabalhos para se precipitarem para a borda, seguravam mecanicamente martelos, pedaços de pranchas, lanças e arpões.

A baleia continuava a diminuir a distância entre eles, implacavelmente. Quando sua cabeça se chocou contra a proa, a estibordo, alguns homens foram jogados ao chão. Os mastros e as vergas tremeram. O casco rangeu, ferido de morte. Logo, ouviu-se a água jorrar pelo rombo, como uma grande cascata.

Mergulhando por baixo do navio, a baleia novamente fez a volta, girando sobre o próprio corpo, e retornou à superfície muito perto de Ahab, imobilizando-se finalmente.

O capitão Ahab não queria mais, então, vingar apenas uma perna dilacerada. Ao voltar a atacar a Baleia Branca, pretendia vingar seu navio e seus homens, que afundavam lentamente.

– Toma! Esta é a minha lança!

O novo arpão arremessado feriu profundamente a carne de Moby Dick. A baleia atingida fugiu em velocidade estonteante. Por instantes, a corda presa ao arpão deslizou pela ranhura da borda. Prendeu-se. Ahab debruçou-se para soltá-la. Liberta, a linha chicoteou o ar, prendendo o pescoço de Ahab no anel. Silenciosamente, como os turcos estrangulam suas vítimas, o velho capitão foi arrastado para fora da baleeira, antes que seus homens percebessem...

O *Pequod* afundava... Apenas os topos dos três mastros ainda se erguiam acima do mar. Nos cestos da gávea, os três arpoadores pagãos – levados pela demência, pela fidelidade ou pelo destino – eram os últimos a se manterem em seus postos, aguardando calmamente o momento de serem tragados pela água.

Círculos concêntricos formaram-se, tão logo o navio desapareceu por completo, provocando um enorme redemoinho, com irresistível poder de sucção. A baleeira solitária também foi envolvida e desapareceu com todos os homens. Logo, todos os remos, pedaços de arpões, e tudo o mais que boiava, foi sugado no turbilhão, não restando o menor destroço do *Pequod*.

Pequenas aves marinhas se deixaram ficar voejando por ali. A superfície do mar tornou-se lisa, igual. E as ondas voltaram a quebrar-se do mesmo modo como vinham fazendo há mais de cinco mil anos.

8
Final

A tragédia terminou. E que estranha razão leva este homem a avançar no tempo, depois do último ato? Por um simples motivo: como Jó, personagem bíblico, sou um sobrevivente do naufrágio.

Por um acaso da sorte, depois do desaparecimento de Fedallah, fui o escolhido para ocupar seu lugar na baleeira de Ahab.

No último dia de luta, fui um dos três homens atirados para fora do barco, exatamente aquele que não conseguiu retornar ao barco, ficando a vogar, longe do cenário onde se travaram os derradeiros acontecimentos.

Impossibilitado de qualquer ação, só pude ficar observando os acontecimentos. Quando o navio afundou, fui lentamente atraído pela sucção do redemoinho. Mas, ao chegar ao seu centro, ele tinha perdido a força, transformando-se num pântano leitoso. Girei e girei e girei, sem ir ao fundo. Repentinamente, a água abriu-se e a boia de salvação, pela força do ar que mantinha dentro de si, foi jogada para o alto. A mesma boia preta que Queequeg quisera para ser seu esquife. Flutuando, passou lentamente às minhas costas. Consegui alcançar o caixão. Deitado sobre ele, flutuei no mar durante quase um dia e uma noite. Os tubarões deslizavam ao meu redor, pacificamente. Os selvagens falcões marinhos planavam no ar, mansamente, sem me perturbarem. No segundo dia, surgiu uma vela no horizonte. Logo depois, vi o navio que se aproximou e me recolheu a bordo.

Era o *Raquel*, que prosseguia bordejando em todas as direções, no seu errante cruzeiro, sem desistir de procurar o filho perdido. Acabou por encontrar outro órfão...

RENCONTRO
literatura

Roteiro de Trabalho

editora scipione

Moby Dick
Herman Melville • Adaptação de Werner Zotz

Uma enorme baleia branca desafia seus perseguidores. Um deles, o capitão Ahab, tem uma de suas pernas extirpada pelo animal e jura-lhe vingança. A bordo do Pequod, com uma tripulação composta de estranhas figuras, o obsessivo capitão percorre três quartos do globo, até que finalmente encontra Moby Dick. Quem será o vencedor do terrível combate?

QUE HISTÓRIA É ESSA?

Tudo bem; você acabou de ler o livro. Mas por que tanta gente acha esse livro tão importante?

3. Ismael fica impressionado com o capitão Ahab, comandante do *Pequod*. Como era o capitão

5. Ismael viajou no *Pequod* e viveu a aventura da caça à baleia. Como era essa caça?

6. Que intenções tinha o imediato Starbuck, ao partir para a caça a Moby Dick?

7. Em vários momentos do livro aparecem fatos, profecias e superstições que levam os marinhei-

9. No fundo, Moby Dick não é apenas uma baleia. Ela é mais do que isso: é um símbolo. Símbolo de quê?

10. Que conclusões podemos tirar da história de Moby Dick?

VAMOS CRIAR COM A HISTÓRIA

Agora que você relembrou a história e descobriu uma porção de coisas, vamos mexer com ela e ver aonde a gente chega. Escolha com o seu professor um ou mais destes caminhos. E até invente outros.

1. As imagens também podem compor um livro. Reconte a história a partir das ilustrações, ou cite coisas que você descobriu nelas. Faça isso por escrito.

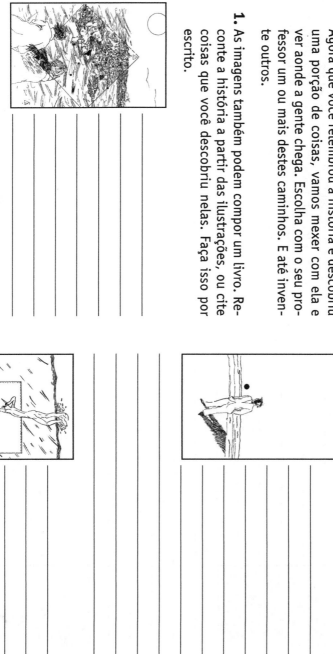

_____
_____
_____
_____
_____
_____
_____
_____
_____
_____
_____
_____
_____
_____

3. O *Pequod*, em sua viagem, passou por muitos lugares do Pacífico. Vamos refazer o roteiro dessa viagem e descobrir mais coisas sobre esses lugares. Também pode ser refeito um roteiro da viagem do *Acushnet*, o baleeiro onde Herman Melville viajou de verdade.

4. Em algumas regiões do Brasil ainda existe a caça à baleia. Como ela é feita? Os marinheiros brasileiros vivem de maneira diferente da dos marinheiros do *Pequod*? Vamos pesquisar.

Este encarte é parte integrante do livro *Moby Dick*, da Editora Scipione S.A.
Não pode ser vendido separadamente.

trás dela.

1. Ismael, que conta a história de Moby Dick, começa falando de seu fascínio pelo mar. Por que ele tem esse fascínio?

_____
_____
_____
_____
_____
_____
_____
_____

2. Ismael fica conhecendo o *Pequod* e o mundo dos caçadores de baleias. Qual é a reação dele?

_____
_____
_____
_____
_____
_____
_____
_____

4. Quando conheceu Queequeg, Ismael ficou com medo. Por quê? O que fez Ismael perder esse medo?

_____
_____
_____
_____
_____
_____
_____
_____

Roteiro de Trabalho **1**

gem. Cite alguns desses momentos.

_____
_____
_____
_____
_____
_____
_____
_____
_____

8. As intenções de Ahab, ao caçar Moby Dick, eram diferentes das de Starburck e dos marinheiros. Que intenções eram essas?

_____
_____
_____
_____
_____

Roteiro de Trabalho 3

2. No tempo em que foi escrito *Moby Dick*, muita gente caçava baleias. Mas hoje essa prática é condenada e em muitos lugares do mundo é proibida. Por quê? Vamos conversar sobre esse assunto.

5. Ahab é inocente ou culpado por levar toda a tripulação do *Pequod* à morte? Vamos montar um julgamento com acusação e defesa.

QUEM É WERNER ZOTZ?

Werner Zotz foi professor e jornalista. Agora, trabalha em publicidade e escreve. Já publicou vários livros, com muitas reedições. *Apenas um Curumim* foi premiado mais de uma vez e *Não-me-Toque em Pé de Guerra* foi altamente recomendado para jovens pela Fundação Nacional do Livro Infantil e Juvenil. Nasceu em Santa Catarina, passou por muitos lugares do Brasil e voltou para lá. Gosta de cidades pequenas, para ter mais tempo de ler, viajar e levar a vida. E tem sonhos: ajudar a mudar as coisas para melhor, viver só de escrever e morar numa casa com varanda para a água e um barco esperando.